新潮文庫

マドンナ・ヴェルデ

海堂　尊著

新潮社版

9522

マドンナ・ヴェルデ／目次

マドンナ・ヴェルデ

一章　菊花開

晩秋・寒露二候

人を待つ時間を、一番忘れられるのは、思い出の品を見ることだ。みどりにとってそれは、アルバムだった。アルバムは三十年前、このマンションを手に入れた時から始まっていて、現在では三冊目になっていた。最初のページには、入居前に見学に来た時の家族写真が貼《は》られていて、みどりと夫の貴久《たかひさ》、生まれたばかりの娘の理恵《りえ》が仲睦《むつ》まじく、セピア色の写真の枠に収まっている。その家族に寄り添うように、マンションの名が刻まれた正面玄関の看板も映り込んでいる。

その写真を見つめていると、夫の貴久が、買ったばかりのカメラの三脚を立て、自動シャッターで撮影しようと四苦八苦していた様子が、昨日のことのように目に浮かぶ。家族の記憶は、この一葉の写真からはじまったのだ、という気持ちになる。

マンションの名はメゾン・ド・マドンナ。

時代遅れのネーミングだが、結婚後すぐに引っ越してから住み慣れたマンションなので、今さら他所《よそ》に移りたいという気持ちなどさらさらない。昭和の高度成長が一段落し、豊かさが中産階級に行き渡ろうとしたはしりの時代、昭和四十年代半ばに建てられた由緒《ゆいしょ》正しい中層マンション。それを五年落ちで手に入れた頃が、今は五十代半ばになったみどりにとって、一番幸せな時期だった気がする。

この後、高度経済成長の恩恵が隅々まで行き渡るのと時を同じくして、たくさんのマンションが建築され、誰もが新築マンションに群がった。中にはコンクリートに海砂を使って量をごまかしたり、鉄筋の数を減らしたり、柱の本数を設計図より少なくしたり、モデルルームより内装の質を落としたりして、ブームに間に合わせるべく、急いで建てられた粗悪な建物も混じっていた。そうした手抜き工事物件が多くあったことが、昭和五十年代半ばの宮城県沖地震で露呈した。社会的非難の声に押されて、耐震構造を細かく定めた規制が作られた。そのため、その規制の枠外にある規制前十年間の建築物は、今では資産価値が低いとみなされている。

アルバムを閉じて、立ち上がる。硝子《がらす》戸を開け、冷え冷えとした朝の大気を部屋に入れる。椅子《いす》の背に掛けてあったショールを手にして、ベランダに出た。

みどりは、少しふっくらしている体型を隠すことができるので、ゆったりとした服を好んだ。色は中間色、特に名前にちなんで若草色が好きだった。服にあわせてさらりとしたショールを羽織ると、まるで異国の女性の立ち姿のようにも見えた。みどりは遠くの砂漠をながめるように、ベランダの外の景色をながめる。

正面に見えるのは、桜宮《さくらのみや》丘陵だ。丘の上には白亜の建物がそびえ立つ。東城《とうじょう》大学医学部付属病院。かつて、ひとり娘の理恵が医学を学んでいたところだ。

遠くから杭《くい》打ちの音がのどかに響いている。

視線を右方に転じると、付属病院の隣には工事中のビルが見える。来年竣工《しゅんこう》する新病院だ。近年、東城大学医学部付属病院はスキャンダルまみれになったが、こうして増築しているところを見ると、地元の人たちの信頼は今もなお厚そうだ。

桜宮丘陵から視線を左方にずらすと、海岸線に沿って白く細い塔が見えてくる。その一帯は東城大学海洋学研究所で、海側の境界線は防風林の松林と区別がつかない。所長は『深海七千』という探索機でボンクラボヤという新種のホヤを発見したことで有名だ。おかげで桜宮水族館には『深海館』という別館ができた。中学生の理恵にねだられふたりで見学に行った日を思い出す。バブル景気の頃で、黄金地球儀などというバカバカしくも派手なモニュメントが作られたのも、その頃のことだった。

一時は桜宮の観光を独占していた桜宮水族館と別館『深海館』は、視界の外側にありベランダからは直接は見えない。最近は昨年末オープンしたショッピングモール・チェリーの勢いに押され、ぱっとしない。もっともそのショッピングモールも開店直後に大惨事に襲われ出鼻をくじかれ、他のアウトレット・モールと比べても冴《さ》えないことこの上ない。中途半端《はんぱ》な再開発のせいで、桜宮駅前の商店街は半分以上がシャッター街になった。

かつてみどりの両親が買い与えてくれた地所は、今では雑草が生い茂る空き地と区別がつかない。売りに出ている土地の評価額をかつての同僚に聞かされて、みどりは自分が上手《うま》く売り抜けたのだ、としみじみと実感した。

まったく変化していないような桜宮の街も、かたつむりが銀の航跡を厚手の紫陽花《あじさい》の葉の上に残しながら、じわりじわりと移動しているように、徐々に変化していた。

理恵が熱を出すといつもお世話になった桜宮病院も、昨年の火災で焼失した。ベランダの端から身を乗り出すと、でんでん虫を思わせる独特のフォルムがかろうじて見えたものだが、今は影も形もない。

こうしてメゾン・ド・マドンナの最上階のベランダからぐるりと桜宮市を一望するのが、みどりの毎朝の日課になっていた。ここから桜宮を眺めていると、ものごとは移ろい、変わらないものなど何もない、ということがしみじみと感じられる。

深々と吐いた息が白く凍える。みどりは両肘《ひじ》を抱き、ぶるりと震える。

あわてて部屋に戻ると、後ろ手でぴしゃりと硝子戸を閉めた。

◐

昭和の始めから、みどりの生家は桜宮で文房具の卸問屋を営んでいた。一人娘のみどりは、女性でも社会の厳しさに触れておいた方がいい、という家庭の方針で短大卒業後、地元の不動産屋に勤めた。良家の子女らしく二十二のとき叔母から見合いを勧められた。みどりの夫になる山咲《やまさき》貴久は東城大学の理論物理学教室の助手だったが、貴久の上司の曾根崎《そねざき》教授によれば、若手の中では飛び抜けて有望な人材らしかった。

もっともそれは見合いの仲人口《なこうどぐち》だから、どこまで本当か、わからなかったが。

みどりの父親は、娘の婿《むこ》候補の写真を見てぼそりと言う。

「あんな覇気のなさそうな男じゃ、出世は見込めそうにないな」

すると、母親は長々と応じた。

「でも、男の人はそれくらいの方が安心です。みどりだってすぐに、クリスマスケーキになって売れ残り。だったらお相手が悪い人でなければ十分ではないかしら」

父親は不満げだったが、妻の言葉が、愛人を作り事業を傾けかけた原因になった自分の素行への当てこすりに感じられたので、それ以上主張しようとはしなかった。

みどりは貴久に対する両親の品評を黙って聞いていた。それはその頃、夢中だった舞台劇の台詞《せりふ》みたいだった。みどりにとって結婚は他人事《ひとごと》に思えた。だから両親の意見が一致したということはすなわち、結婚が決まったということだった。

こうしてみどりは結婚した。

夫の貴久は浮き世離れしていた。理論物理学という学問は、金儲《かねもう》けとはおよそ無縁の存在に思えたし、実際、学の浅いみどりでも想像できたとおり、お金と縁遠い生活になった。そのこと自体は苦ではなかった。商売をしていた実家はそこそこ豊かで、小さい頃から欲しい物は買ってもらえた。同級生はそんなみどりをうらやましがったけれど、物欲の薄いみどりは、なぜ自分がうらやましがられるのかが、よくわからなかった。欲のない娘と浮き世離れした婿という、ままごと夫婦に不安を感じた両親は、結婚祝いに市内の一等地に小さな地所を買い与えた。

結婚して一年後、娘が生まれた。理恵と名付けたのは貴久だった。理想に恵まれますように、という意味だと聞かされたが、みどりにとって理想などどうでもいいことだったので、特に感慨はなかった。名前の由来などはどうでもよく、ただ、腕の中でふにゃふにゃしている小動物に名前がつけられたことに対して、ほっとしていた。

孫の誕生を喜んだ両親は、買い与えた地所に出産祝いとして家を建てようとした。だがみどりは一戸建てより、マンションを欲しがった。庭付きの家は当時ステータスだったが、みどりにとって庭の手入れは面倒なだけだった。父親は残念がったが、みどりの意思は固く、しぶしぶ諦《あきら》め、いくつか新築マンションを候補に上げた。不動産業界に身を置いたことのあるみどりには、そうした物件のあやうさがよくわかった。

そんな時、ちょうど売りに出たメゾン・ド・マドンナを見つけ、みどりの胸はときめいた。自分が思い描く生活を入れる容器にぴったりに思えたからだ。

みどりはすぐさま行動に移り、過去の不動産人脈を駆使し、お目当ての物件を良心的な価格で手に入れた。

メゾン・ド・マドンナに移り季節がひとつめぐった頃、夫の貴久が急逝《きゅうせい》した。娘の理恵が二歳の誕生日を迎える一月前のことで、まだ三十一歳という若さだった。突然の脳出血で、貴久の助教授昇進が決まった直後だった。

みどりは弔問客に応対しながら、あまり悲しいとは感じなかった。

みどりは不思議だった。

なぜみんな、こんな世界に固執するのだろう。なぜ、今の世界がずっと変わらないだなんて、無邪気に信じ込めるのだろう。万物は生々流転《せいせいるてん》するという真理を、みどりは体得していた。だから夫の貴久も、自分のところに短い逗留《とうりゅう》をしただけで、今は別の世界にいるのだ、と思えた。それに、みどりには悲しみに打ちひしがれる暇などなかった。

手元に、忘れ形見の女の子が残されていたからだ。

炊飯器の電子音が、米が炊《た》けたことを知らせる。みどりは長年ガス焚《だ》きの炊飯器を使っていたが、大学卒業と同時に娘の理恵が東京に出ていった時、下宿の電気炊飯器を置いていった。みどりは機械に疎《うと》く、わざわざ新しい機械を取り入れるということには消極的だ。だがいざ使ってみると、電気炊飯器は大そう使い勝手がよく、以後はずっと使っている。

新しい機械などはなくても生きていける。便利さと引き替えに手にするのは余剰時間だが、そうして手に入れた余白の時間は、なぜか手のひらからこぼれていくものだ。

みどりは台所に戻り、調理の続きにとりかかる。

短冊《たんざく》切りの白い大根を沸騰《ふっとう》直前の鍋《なべ》に入れる。かつおぶしを五往復削り、薄い欠片《かけら》を細い指先でつまんで湯に落とす。かつおぶしは湯の中でひらひら揺れる。赤だし味《み》噌《そ》を小皿で溶き、流し込む。沸騰しかけた湯が一瞬、沈潜し、溶けだした味噌が鍋全体にじんわりと広がる。アサツキを小口切りにし、鍋に放りこむ。

みそ汁が沸騰する直前に火を止めた。

冷蔵庫から取り出した赤紫のしば漬けを切り、白い小皿に盛りつける。

その時、玄関のチャイムがなった。

インターフォンで相手を確認し、ぱたぱたとスリッパを鳴らし、玄関に向かう。ほっそりした白い顔がドアの隙間《すきま》から現れる。

「ただいま、お腹《なか》すいた」

「なんなんでしょう、この娘は。一年ぶりだというのにいきなりそれはないわよね」

チェーンを外しドアを開けると、そこには長い髪をシニョンにまとめた小柄な女性が立っていた。飾りの少ないすっきりしたブラウスにシンプルな黒いパンツ。さっぱりとした装《よそお》いが、端整な顔立ちをひき立てている。みどりは笑顔で、東京の帝華《ていか》大で産婦人科医をしている、ひとり娘の理恵を部屋に迎え入れた。

赤だしのみそ汁をひとくちすすり、湯気が立つ白米の茶碗《ちゃわん》を手にした理恵は呟《つぶや》く。

「あーあ、やっぱりママのご飯は最高だなあ」

「理恵ちゃん、毎朝きちんとご飯を食べてる？」

理恵は肩をすくめる。

「忙しくて、つい、ね。ママが毎朝ご飯を作ってくれればいいのにっていつも思うわ」

「それなら、こっちに帰ってくれば？」

みどりの言葉に、理恵は笑顔で答える。

「そういうわけにもいかないのよね」

「でもねえ、東京に出ていったのは伸一郎《しんいちろう》さんがいたからでしょう？　理恵ちゃんの上京と同時に、伸一郎さんは渡米しちゃったから、東京に住む理由はないでしょ？」

「東京に出て十年近くよ。しがらみもあるし、そんな簡単にはいかないわ」

「帝華大では偉くなれるの？　女だと出世できなそうじゃない？」

「そんなことないわ。ママの時代とは違うんだから」

理恵は肩をすくめて、続ける。

「でも、やっぱり難しいな。何しろ天下の帝華大だもの。他の大学と違って出世競争は凄《すご》いわ」

「産婦人科も大変ねえ。この間、お産で妊婦さんを死亡させたお医者さんが医療ミスで逮捕されてたわ。理恵ちゃんも気をつけて」

理恵の顔色が変わった。口調が一気に厳しくなる。

「北海道のあの事件は不当逮捕よ。医療って未来が見えず不確実だから、失敗もある。それを全部罪にされたりしたら、医者のなり手はいなくなる。だからウチの准《じゅん》教授もワイドショーに出て反論したし、産婦人科学会も抗議声明を出した。逮捕された先生は地域医療に貢献した先生だった。でもその先生を逮捕したせいで、極北《きょくほく》市の医療はがたがたになってるの」

「でも、無事に生まれると思った赤ちゃんが生まれずに、奥さんまで突然亡《な》くなったりしたら、ご家族は怒りたくもなるわよね」

理恵は押し黙る。やがてぽつりと言った。

「気持ちはわかるけど、怒りを向ける矛先が違うのよ」

「そうだけど、そんな時は誰かを憎んで心のバランスを取りたくなるの。テレビでは役所の調査委員会がミスを認めたと報道してたけど、それなら逮捕されても仕方ないんじゃない？」

理恵はみどりを見る。

「そんな報道があったの。私が聞いた話とはずいぶん違うわ」

「どっちにしてもそんな仕事、大変でしょ？　そろそろ戻ってきなさい」

みどりがため息混じりに言うと、理恵は笑う。

「でも、東城大の方がずっと大変じゃない。スキャンダル続きで、もしも大学が倒産することがあるなら最右翼なんだって。この間、真弓《まゆみ》もこぼしていたわ」

みどりはなつかしい目をして言う。

「副島《そえじま》さんねえ。確か、一緒に勉強会してたわよね。お元気なの？」

「東城大の小児科で准教授になって頑張ってるけど、内部で医療事故があった上に、大学が独立行政法人になって、業績を上げるよう叱咤《しった》されてるんですって。その点では帝華大は、やっぱり天下一。たとえお国が潰《つぶ》れても帝華大は潰れないって、みんな言ってるわ」

「そんなこと、信じちゃだめよ。だって……」

「すべてものごとは移ろいゆくから、でしょ？　わかってるわよ、ママ」

台詞を先取りされて初めて、みどりはそれが自分の口癖になっていたことに気づく。

さっきベランダで考えていたことがそのまま言葉になってしまったな、と苦笑する。

「いいかげんにしたら？　そんな生活してたら、これから先、赤ちゃんなんて絶対できないわよ」

娘婿の伸一郎は若くして渡米し、今やマサチューセッツ工科大学のゲーム理論講座の教授に収まっている。古い価値観の持ち主のみどりは、夫が成功すれば妻は身を引き、夫の側で暮らすのが幸せだ、と考えていた。だから、桜宮に戻っておいで、という話の先には、産婦人科医を休業し、伸一郎のいる米国に行きなさい、という忠告が含まれていた。この話題はみどりと理恵の間では、句読点だった。この話題になると、理恵は話を変えたので、話の流れが気まずくなると理恵に悪いと思いつつみどりは時々こうした振り方をする。今日はどういう方向に変えるのだろう、と待ち受けていたみどりに思わぬ返事が返ってきた。理恵は、思いつめた目をして言った。

「そのことなんだけど、実は今日は、ママに相談があって……」

桜宮市は、東京から新幹線で一時間少々、首都圏ぎりぎりの通勤圏内だ。桜宮へ帰省することは大したことではないが、理恵がメゾン・ド・マドンナに戻ったのは一年以上前の夏休みだから、十月のとある普通の日曜日に、理恵が突然戻ってくるのには、相応の理由があったに違いない、とみどりは想像していた。

何事にも思い切りのいい理恵にしては珍しく、言いよどんでいるように見受けられた。みどりはお茶を差し出し、笑顔で尋ねた。

「相談事があるんでしょ、遠慮しないで言って」

理恵は目を閉じた。次の瞬間、理恵の口から飛び出した答えは、想像もつかなかった意外な言葉だった。

「ママ、私の子どもを産んでくれない？」

「え？　今何て言ったの？」

みどりは一瞬、自分の耳を疑った。理恵はきっぱり目を開き、もう一度繰り返す。

「ママに、私の子どもを産んでもらいたいの」

「私が理恵ちゃんの子どもを産む？　何なのよ、それ」

最初にみどりの脳裏に浮かんだのは、理恵が激務のあまり、気が触れたのではないかということだ。相手が男の子ならまだしもと考え、みどりは自分の妄想に思わず赤面する。気を取り直して尋ねる。

「あたしも理恵ちゃんも女よ。どうやって子どもを作るの。できるわけないでしょ」

理恵は笑顔になる。

「やだな、ママ。誤解よ。私の子どもを産んでと頼んだだけ。子どもを一緒に作ってなんて、ひとことも言ってないわ」

子どもを作らずに子どもを産む？　何よそれ。みどりの混乱は深まった。

「心配しないで、私はその道のプロだから」

みどりは大きく息を吸い込んで、尋ねる。

「全然わからないから、ちゃんと説明して」

理恵は目を閉じる。みどりは娘の顔を凝視した。部屋中の音が消える。

やがて理恵は静かに目を開く。みどりの目を見つめて言った。

「ママに、代理母になってもらいたいの」

「代理母、ですって？」

耳慣れない言葉に思わず尋ね返す。みどりの視線を受け止めて、理恵は答える。

「そう、代理母。不妊治療では、私の卵子と伸一郎の精子を体外受精させて、それを私の子宮に戻すけれど、私は近々子宮を摘出するから、戻す場所がない。だからママの子宮を借りたいの」

みどりは驚いてまじまじと見つめる。

イッタイコノ娘ハ、ナニヲ言イ出シタノダロウ。

理恵は続けた。

「でね、ママの子宮に受精卵を入れる日取りなんだけど、できればお正月にしたいの。場所は私が週一のバイトでお世話になっているマリアクリニック。お正月は休業だから施設を借りられるし、事情があって私が院長代理を任されているから、細かなことは心配しないでいいから……」

「ちょっと待って。あたし、その代理母っていうのをやるなんて返事はしてないわ」

勢い込んで話していた言葉を途切らせ、理恵はみどりを見つめた。

「え？」

思いもかけない返事だったのか、理恵は黙り込む。それから尋ねる。

「ママは、私の子どもを産んでほしいという、私のお願いを聞いてくれないの？」

その言葉は冷ややかで、一瞬、身体《からだ》が凍りついてしまうかと思った。

「そうじゃなくて、突然そんなこと言われたって何が何だかわからないし……だいたい理恵ちゃんが不妊とか、子宮を摘出するとか、全然わけがわからないし」

理恵はみどりを凝視し、それから、ふっと表情を緩める。

「そっか。ママにはまだ、説明してなかったっけ」

理恵はぽつんと言った。

「夏休みに伸一郎のところへ行ったの。でね、その時にできたの、赤ちゃん」

理恵は、自分の腹部をそっと撫《な》でる。みどりは笑顔で尋ねる。

「よかったね。すると二ヶ月ね。順調？」

その瞬間、理恵の表情が曇った。その表情の変化を見て、みどりは、はっと気づく。順調なら代理母の依頼などするはずがないではないか。みどりは声をひそめ、尋ねる。

「具合、悪いの？」

理恵はうつむいた。

「私、赤ちゃんを産めない身体だったの」

みどりは驚いて、思わず大声を上げた。

「どういうこと？」

「私には生まれつき、子宮の奇形があったの。双角子宮《そうかくしきゅう》という癒合不全なんだけど」

孫の顔が見られるかもしれない、という喜びがいきなり暗転した。そんなバカな。自慢の娘が子どもを産めない身体だったなんて信じられない。でも、もともと産めない身体だったということは、そんな風に理恵ちゃんを産んでしまったあたしの責任？

その考えに思い到《いた》ったみどりは、いきなり奈落《ならく》の底に突き落とされた気がした。

「その奇形って、手術で治せないの？」

みどりは思わずせき込むようにして尋ねると、理恵は静かに首を振る。

「それは現代医療を以《も》ってしても無理なの」

「でも妊娠したんでしょ。奇形なのにどうして妊娠できたの？」

理恵は冷静な表情で続ける。

「双角子宮は、子宮の袋ができる時に癒合しない奇形で、本来ふたつの袋が合わさってひとつの大きな袋になるのに失敗し、小さな袋が二つできてしまう。双角子宮でも赤ちゃんは産めるという報告はあるけど、私の場合、双子がそれぞれの袋に着床《ちゃくしょう》しちゃったから無理。今は大丈夫だけど、あと一ヶ月もすると妊娠継続が困難になるの」

先日みたテレビ番組を思いだし、尋ねる。

「でも医学の進歩ってすごいんでしょ。七百グラムの未熟児が産まれたってテレビで見たけど。理恵ちゃんもそれくらいやってもらえないの？」

「私の場合、超未熟児にもならない時期だから、どんなに医学が進歩しても不可能よ」

理恵の淡々とした語り口は、まるで他人事《ひとごと》のようだった。

おそらく理恵は優秀な医者なのだろう。だがもし自分が患者なら理恵に診てもらいたいか、という問いにイエスと答えられない自分に驚き、みどりはがっかりする。

「まさか理恵ちゃん、お腹《なか》の中の双子ちゃんを私に移植して育てろ、というの？」

理恵は一瞬驚いた表情になるが、すぐ笑顔になる。

「いくら医学が進歩してるといっても、妊娠途中の胎児《たいじ》を他人の子宮に移植するなんてこと、まだ技術的にできてないわ」

理恵は自分の腹部を撫でる。

「残念だけど、この子たちはもう堕《お》ろすしかないの」

みどりはしみじみと理恵を見つめる。学生結婚して十年、やっと孫の顔を見せてもらえるのかと思った矢先に、こんな悲しい報《しら》せを聞かされるなんて。だが、みどりはすぐに気を取り直す。このくらいであたしが落ちこんでどうするの。本当に辛《つら》い思いをしているのは理恵ちゃんなんだから、せめてあたしは元気に振る舞わなくちゃ。

「残念ね。でも仕方ないわね。また頑張って作れば。大丈夫よ、だって理恵ちゃんはまだ若いんだから」

顔を上げ、明るい声で言うと、理恵は頭を振る。

「私はもう母親にはなれない。双角子宮の妊娠中絶は難しい上、ここまで大きくなったら、子宮は摘出するしかないわ」

「子宮を取るなんて、そんな……そしたら子どもはどうするの？」

理恵はうつむく。その肩は小さく震えていた。理恵は顔をあげるときっぱり言った。

「だから、ママにお願いしたいのよ。私たち夫婦の代理母になってもらいたいの」

「理恵ちゃんが言ってること、やっとわかったわ。あたしは何をすればいいの?」

みどりが尋ね返すと、理恵はあっさり答える。

「単純なことよ。私の卵子と伸一郎の精子を体外受精させ、その受精卵をママの子宮に入れる。そしてママに胎児を育ててもらう。それは技術として確立されているから何の問題もない。それにはまず血液検査をしてから……」

一気に畳みかけるように説明を始める理恵を押しとどめ、みどりは言う。

「ちょっと待って。あたしにも少し考えさせて」

「考えるって、何を?」

理恵は低い声で尋ねる。みどりはひやりとしたものを背筋に感じながら、答える。

「何をって、そりゃ、いろいろなことよ」

「だから、具体的に何って聞いてるの。それがわかれば、説明できるじゃない」

みどりは理恵を見つめた。どうやら理恵の頭の中には、みどりが代理母の依頼を断るという選択肢など、微塵《みじん》もないらしい。表情は一途《いちず》、悪く言えば頑《かたく》なで、理恵がこういう表情をする時には何を言っても聞かないということを、みどりは知っていた。曖昧《あいまい》な返答を続けたら、理恵はみどりの急所をひとことでえぐってしまう。

――ママって、冷たい。

あの呪文《じゅもん》を聞かされたら、身も心も凍りついてしまう。理恵の意識に支配され、依頼を受諾することになる、とわかっていた。だが、みどりは釈然としない。母親なら娘の幸せを祈らないわけがない。だが代理母を受け容《い》れることは、通常の母親の義務の範疇《はんちゅう》を明らかに逸脱している。そんなことを受け容れるのは母親として当然だと理恵が考えているのなら、それはあまりにも傲慢《ごうまん》だ。

だが、憔悴《しょうすい》しきった理恵の表情を見ているうちに、みどりの胸に浮かんだ反感は霧のように消散していった。誰よりも傷つき、疲れているのは目の前の理恵だ。そんな時、たったひとりの肉親に甘えたことを言ったからといって誰が責められよう。

ふたりきりの部屋に時が流れた。無彩色の部屋の中、アルバムの赤い表紙だけが鮮やかだ。やがてみどりは静かにうなずいた。

「わかったわ。引き受けるわ」

長い沈黙の果て、理恵は呟《つぶや》いた。

「ありがとう、ママ」

顔を上げると、理恵の頬を一筋の涙が流れていた。みどりの脳裏に、幼い頃の、まだあどけない理恵の面影がフラッシュバックした。

理恵が二歳になる直前に未亡人になってしまったみどりは、実家の援助を得てひとり娘の理恵を育てることにした。もともと慎《つつま》しい性質だったので、実家の援助だけでも食べていけた。その上理恵はおとなしい娘で、物欲の薄いみどりにさらに輪を掛けて欲のない子どもだった。祖父母が競い合うように流行の人形を買い与えても、受け取りはするけれど、祖父母の姿が見えなくなると、その人形は部屋の片隅に置かれ、理恵の腕の中に抱き締められることはなかった。

代わりに理恵は本に夢中になった。夫の貴久は基礎学問世界に身を置いていたが、大そうな読書家でもあった。本棚は理論物理の学術書で占められていたが、日本文学、外国文学、歴史書など雑多な書籍も並んでいた。

みどりは本を読まなかったが、夫の死後、時々は本棚から本を取りだし、眺めることはあった。みどりには本の世界はあまり魅力的ではなかったのだ。だが、理恵は幼稚園の頃から夫の書斎に入り込み、熱心に本を読んでいた。

理恵が小学校に上がったある日、みどりは尋ねた。

「理恵ちゃん、本読むのって楽しい？」

理恵はにっこり笑い、うなずく。

「こんな難しいご本、わかるの？」

理恵は首を振る。

「理恵ね、あまりよくわからないの」

「じゃあ、どうしてそんなに一生懸命読んでるの？」

理恵は考え込む。それからぽつんと呟いた。

「あのね、ご本を読んでいるとね、パパが理恵に言うの。いつか、このお話がわかる時がくるからねって。だから理恵、がんばってみようかなって思ったの」

みどりは目頭を押さえ、一心に本を読む理恵を背中からそっと抱きしめた。

「理恵ちゃんは賢いわねえ。将来きっと偉くなるわよ」

その話を聞いた祖母はそう言って喜んだが、祖父は吐き捨てた。

「本ばっかり読んでいても一銭にもならん。父親みたいな虚弱体質でころりといかれたりしたら、たまったもんじゃない」

幼《おさ》な児《ご》を前に口にした夫の暴言を、妻はひとにらみで黙らせたので、理恵の耳にその言葉は届かなかった。かく言う祖父も、孫娘の可愛《かわい》さに負け、望む本を買い与えた。おもちゃを買うことを思えば、ずっと安上がりだった。

こうして理恵は、祖父母の援助で不自由なく過ごした。生活が安定する中、巷《ちまた》ではバブル景気が爛熟期《らんじゅくき》を迎え、地方都市にも地上げの波が襲ってきた。市街一等地に小さな地所を持ち不動産業界に身を置いたことがあるみどりにも、バブルの大波の頂点は見えない。だが気がつくと地価は十年前の十倍になっていた。

理恵の中学校入学を機に、みどりは土地を手放した。その土地に三世代で住める家を建て、娘親子との同居を考えていた祖父母はがっかりしたが、売却すれば私立大を卒業できるくらいの資金が得られる、と説得されしぶしぶ納得した。結果的にこの売却時期はベストだった。

母ひとり、娘ひとりの生活に激震が走ったのは、理恵が高校一年の秋だ。祖父母が交通事故に巻き込まれ他界したのだ。

遺体に取りすがり泣きじゃくる理恵を見て、みどりは違和感を覚えた。両親を亡《な》くしたみどりは、それほど悲しくはなかった。ただ、茫漠《ぼうばく》とした喪失感ばかりが残った。泣きじゃくる理恵の肩に手を置き、みどりは言った。

「いくら泣いてもおじいちゃんとおばあちゃんは帰ってこないわ。さあ、お別れしましょう」

泣き濡《ぬ》れた顔を上げ、理恵はみどりをにらんだ。そして言った。

「ママって、冷たい」

その一言はみどりの胸に突き刺さる。その言葉は、秘《ひそ》かに自分自身に下した評価と一致していた。その瞬間、ためらいなく他人を正当に評価する理恵の冷静さに、ささやかな憎悪《ぞうお》を抱いた。

◉

みどりが代理母になることを承諾した後の理恵の説明は理路整然としてわかりやすかった。それでも理恵の話すことの半分も理解はできなかったが、たとえ理解しても、不安が払拭《ふっしょく》されるわけがないので、その説明をあっさり聞き流す。

「受精卵を入れたら、少しの間妊娠維持のためホルモン剤を使用するけど、煩《わずら》わしいのはそれくらい。あとはふつうの妊娠とほとんど同じだから」

性交もせず子どもを授かるなんて、〝ふつうの妊娠〟なんかじゃないんですけど。

——本当に冷たいのはどっちかしら？

十年以上前に言われた言葉の棘《とげ》に、報復するなんて大人げないし、執念深すぎる感じがして、みどりはそんな気持ちを呼び起こした理恵の唐突な申し出を疎《うと》んだ。

性交なしの妊娠といえば、宗教画の聖母マリアが連想される。他人から見れば、今の自分はマリアとよく似た微笑を浮かべているに違いない、とみどりは思う。そして、確信する。マドンナの笑顔、あれは至福ではなく諦念《ていねん》の表情だったのだ、と。

「あたしが代理母を引き受けると、父親は伸一郎さんで、母親は理恵ちゃんでしょ。そうなるとあたしは一体……」

何て呼ばれるの、と尋ねようとしたみどりは、次の瞬間、理恵が答えたひとことに驚愕《きょうがく》する。

「今の法律では、母親は赤ちゃんを実際に産む女性になるの」

え？　みどりは思わず聞き返す。

「理恵ちゃんが母親でしょ？」

「違うわ。母親は卵子の提供者の私じゃなくて、赤ちゃんを産む人間であるママが赤ちゃんの母親になるの」

みどりは混乱する。お父さんは伸一郎さんで、あたしは伸一郎さんの子どもを産む母親係？　だとしたらあたしは伸一郎さんの奥さんになってしまうじゃないの。

「信じられない」

思わずみどりは声を上げる。もっともだ、という表情で理恵はうなずく。

「本当ね。でも代理母についての法整備を考える有識者を集めた学術検討会議が、代理母、つまり赤ちゃんを産んだ母体が母親だという勧告案を出したの。まだ、決定ではないけど、そのセンスのなさは笑えるわ。生物学的に、卵子の提供者が母親なのは当たり前。こんなこと、中学生でもわかる。将来、人工子宮が出来て、人間が人工的に成育されるようになったら機械が母親だというのかしら。でもそうしないと今の法律とは整合しないわ。科学より法律を優先させるなんてバカみたい」

理恵の話は至極もっともだ。みどりは理恵を見つめて、尋ねる。

「伸一郎さんは承諾してるの？」

理恵は一瞬、目を見開いた。それから目を伏せる。

「伸一郎にはまだ、子どもがダメになったことは伝えていないの。妊娠したことも、まだなの」

理恵の睫毛《まつげ》がかすかに震えている。みどりは言った。

「何やっているの、理恵ちゃん。あたしに相談するより、まず伸一郎さんに報告することが先でしょ。でないと今日の話は全部ご破算にするわよ」

みどりの語気に押され、理恵はうなずく。

「心配しないで。伸一郎は私の申し出は絶対ＯＫするわ」

「そういう問題じゃないわ。それからもうひとつ。伸一郎さんの住所を教えて。そういう仕組みになっているのなら、あたしからも伸一郎さんに子どもを身籠《みご》もっていいか、確認したいの。それに妊娠した後はお父さんに経過報告したいし」

理恵はうなずく。

「もっともね。気づかないことばかり。言われたとおり、まず伸一郎に連絡してＯＫをもらったら、ママから伸一郎に手紙を書いて。メールなら早いんだけど、ママはメール嫌いだもんね」

「あたしはメール嫌いじゃなくて、新しい機械が苦手なだけ」

理恵はあっさり立ち上がる。

「じゃあママ、あとはよろしく。朝御飯、おいしかったよ」

「もう戻っちゃうの？　今日くらいウチでゆっくりしていけばいいのに」

「そうしたいのは山々だけど、仕事が溜《た》まっているから、休日出勤しないと」

肩をすくめて、そう言う理恵の背中を見送り、扉を閉める。まさかこの年で自分がふたたび母親になるなど想像もつかないし、そうなると言われても実感がない。

ベランダに出る。理恵が、みどりの視界の下方に姿を現した。理恵は、上から見ているみどりには気づくことなく、まっすぐ駅に向かって歩き出した。

理恵の後ろ姿が小さくなっていくのを、ベランダのみどりは静かに見送った。

数日後、みどりの元に一通の葉書が届いた。そこには理恵が先日みどりに持ちかけた一件に対し、伸一郎が承諾した由《よし》が書かれていた。葉書に記されたアルファベットの住所を指でなぞり、みどりは若草色の便箋《びんせん》を取り出すと、手紙をしたため始めた。

◐

伸一郎さま

ご無沙汰《ぶさた》しております。桜宮の恩賜《おんし》公園から駅舎へと続く銀杏《いちょう》並木もようやくほんのりと色づき始めました。紅葉の季節の始まりは年々遅くなっています。そういえば十年以上前に、伸一郎さんが、これからは地球温暖化の影響があちこちで見られるとおっしゃった記憶がありますが、こうしたこともその影響でしょうか。

寒さが苦手な私には朗報と申し上げると、不謹慎だと叱《しか》られてしまいそうですね。マサチューセッツはいかがでしょう。伸一郎さんが日本を去って七年が経《た》ちます。桜宮の街も変わりました。理恵の母校、東城大では今、新病院を建設中です。髪には白いものが混じるなど、年月はこんな老婆《ろうば》の身にも容赦なく通り過ぎていきます。

先日、理恵から子どもの件を聞きました。私自身、ふたりの子どもを楽しみにしておりましたので、残念です。ふだん冷静な理恵が沈み、打ちひしがれている様子を見るのは辛《つら》いです。この件では、伸一郎さんも悲しい思いをされたのだろうな、とお察しします。

理恵の申し出は、私には突拍子もなく思えますし、また夫である伸一郎さんがどうお考えか、理恵の口伝えではなく直接お伺いしたいと思い、こうした手紙を書いた次第です。

おふたりの子どもを私が宿す件に関しては、正直申し上げまして、大丈夫だろうか、という気持ちもあります。我が娘ながら、理恵は昔からこうしたことに対しては、突き放した物の見方ができる娘でした。そうした性向が、医師という職業にはぴったりなのかもしれませんが、母親としてはいささか危うさも抱くのです。今回の件も、理恵の暴走ではないことを祈り、伸一郎さんの御意志を確認させていただくという不躾《ぶしつけ》な所作になったのはそうした理由です。

おふたりの気持ちが一致しているのであれば、子どもを我が身に宿すことは、望外の喜びです。なのでお気持ちを聞かせていただければ幸いです。

地球の裏側でも、季節のめぐりは日本と同じなのだそうですね。寒さが厳しい候ですが、おからだにはお気をつけて下さい。
遠く日本の空の下より、御活躍をお祈り申し上げております。
乱筆乱文、ご容赦下さいませ。

みどり

お義母《かあ》さんへ

お手紙拝見しました。私にとって手紙という日本古来の通信ツールは馴染《なじ》みが薄く、メールで返事をと思ったのですが、理恵から聞いたところ、お義母さんはメールをしないということでしたので、ワープロに打ったものをプリントします。伝統的な形式にのっとった手紙にはなりませんことを、お許しください。

代理母の件、ありがとうございます。この件は理恵が私に相談する前にお義母さんへ依頼したと聞き、困惑しています。私自身、そこまでして自分の子を持つ必要が果たしてあるのだろうかと思っているからです。渡米して七年、学術的業績を上げ、専門書も数冊刊行しました。一冊はペンネームで執筆したところ日本語訳され、日本でもそこそこ売れたようです。タイトルを言えばお義母さんも一度は耳にしたことがあると思います。でも、実は理恵にも伝えてはおりません（笑）。

学術や創作の世界に身を置いていると、自分の著作物や思想が自分の子どものように思えてきます。なのであえて本物の子どもが欲しいという気持ちも薄くなります。理恵が妊娠し、その継続が不可能になったと聞いても、あまりショックは受けませんでした。こう言うと冷たい人間に思われるかもしれませんが、残念ながらそれが本音なのです。

子どもに関しては、父親よりも母親の意志が尊重されるべきだと思います。であれば、理恵がお義母さんに依頼し、お義母さんが受けて下されば、それ以上私が申し上げることはありません。ここまで私の手紙を読まれ、ひょっとしたらお義母さんは納得できない気持ちかもしれません。実は私も今、違和感を覚えています。果たして理恵は本当に子どもを望んだのだろうか、という疑念です。跡継ぎを欲しいと思う親族の願いに流されたのではないか、などと深読みしたくなります。お義母さんがそんなプレッシャーを掛けるなどとは思っておりませんが、そうでも考えないと、ふだんの彼女の言動と一致しなさすぎる。でも、今の私は、代理母の依頼を引き受けていただいたことに感謝の気持ちでいっぱいです。感情的な文章は不得意ですので、不調法な手紙になってしまいましたが、どうかお許し下さい。

伸一郎拝

娘婿《むすめむこ》からの手紙を一読し、紙片をテーブルにひらりと投げた。娘婿の論理は、かつて娘夫婦と同居した際に理解できていたつもりだったが、それでも娘に対する評価はあまりに非人間的にも思えた。同時にその手紙は、かつてみどり自身が、実の娘である理恵に抱いていた違和感とよく似ている感情を思い出させた。

二章　楓蔦黄

晩秋・霜降三候

鮭《さけ》の切り身に粗塩を振り、弱火で焼き上げていく。次第に橙色《だいだいいろ》にくすんでくる。表面に焦《こ》げ目を入れるのが好み。皮はぱりっとなるくらい。甘鮭を焼き上げ、しじみのみそ汁を仕上げる。味噌《みそ》は白味噌で薄味仕立て。冷蔵庫から浅漬けの白菜を取り出すと、白さが目を射る。細切りにして、紅鮭の皿に添える。白米をよそい、椅子《いす》に座る。仏壇に向かって両手を合わせ、茶碗《ちゃわん》を取り上げる。白米を口にすると、炊《た》き立ての湯気が一瞬、頰を撫《な》でていく。

鮮やかなブルーの封筒。エアメールをちらりと眺める。テーブルの上に飾られた桔梗《ききょう》の花が、風もないのにかすかに揺れた。

両親が交通事故で亡《な》くなった時、相続した遺産はさほど多くはなかったが、生活を維持するには充分な額だった。土地を売った蓄《たくわ》えを切り崩していけば悠々自適の生活ができた。だがみどりには充分には思えなかった。

事故から間もなく、夫の職場だった理論物理学教室の曾根崎教授から、教室秘書として来てくれないか、という依頼があった。みどりの両親の不幸を伝え聞いたことと、永年勤めていた秘書が退職し、新人を探していたらしい。その時、曾根崎教授の脳裏に優秀な部下だった貴久のことが浮かんだのだろう。

みどりにしても、願ったり叶《かな》ったりの申し出だった。この申し出を受けたことで、みどりと理恵の母娘《おやこ》の静かな生活に大小さまざまな波紋が広がっていくことになる。

初出勤日。夫が亡くなって十年以上、社会から引きこもっていたみどりは、教室に足を一歩踏み入れた途端、緊張感に満ちた外気を久しぶりに吸った。ふだん買い物に出かけたりするので、まったく外出しないわけではなかったが、外部に居場所を持ち、人に当てにされる仕事をするという社会的行為は久しぶりで、みどりは秘《ひそ》かに興奮し、酔ったような気持ちになった。

それはひとりの胎児として再び社会に生まれ落ちる、という感覚と似ていた。

理論物理学教室というところは静謐《せいひつ》な空気と猥雑《わいざつ》さが入り交じった、一種独特な雰囲気を持つ空間だった。

教室の主宰者である曾根崎峰男《みねお》教授は、五十代半ばの上品な白髪の紳士だった。背広は地味だが上質。学究肌で、毎日朝八時十五分きっかりに出勤すると、教授室の扉のポストから手紙を取り出し、それを持って教授室に籠《こ》もる。午前十一時半まで三時間、誰とも顔を合わせずひとりで過ごす。教授室をノックすることさえ憚《はばか》られた。

助教授の宮野《みやの》は、曾根崎教授と対照的だった。貴久と結婚した時、家に遊びにきたことがあり、顔見知りだった。騒がしい男という印象は、十五年振りに訪れた教室でも変わらなかった。夫が急死しなければ宮野が助教授になることもなく、こんな形で再会することもなかったのだと思うと、涙がこぼれそうになった。

宮野の騒がしさは煩《わずら》わしかったが、もし彼が曾根崎教授と同じタイプだったら、教室は化石の森のようになってしまっただろう。好みのタイプではないが、邪魔でもなかった。曾根崎教授が部屋に籠もる午前中、出勤したみどりにつきまとい、時折、未亡人のみどりに淫猥《いんわい》な視線を投げかける瞬間もあったが、小心者なので、はっきりしたモーションを掛けるまではいかなかった。

教室員で一番年下の助手の佐久間《さくま》は、三年前まで大学院生だったが将来を嘱望され、みどりが就職する少し前に助手に昇格したばかりだった。寡黙《かもく》だが社交性があり、学生にも慕われている、教室のまとめ役だった。彼の下には大学院生が三人つけられ、その指導を一手に任されていた。

みどりの仕事は、秘書というより教室の整頓係《せいとんがかり》という方が適切だった。手紙の整理、学内文書の管理、会議録のコピー作成などという秘書業務から、若い教室員の身の回りの世話まで、多様な仕事が存在した。実験や理論を議論すること以外はまったく世間知らずの教室員は、みどりにとって子どもみたいなものだった。洋服のボタンが取れかかっているのを見つけると、無理矢理上着を奪い取りボタンをつけ直したりした。そうしているうちに、みどりは、ごく自然に教室に溶け込んでいったのだった。

ひとり娘の理恵は高校二年になり、進路選択の時期が来ていた。理系を選択したが、進路については、ひとことも母親のみどりに相談することはなかった。

理系を選択したと聞いた時は、物理を志した父親の後を追ったのかな、と考えていたみどりだったが、医学部に進学したい、と聞いた時は、さすがに仰天した。

だが、父親を突然の病気で亡くしたことがきっかけだと聞いて切なくなった。同時に何としても理恵の願いを叶えようと、万が一、私立大の医学部にいくことも想定し、ひそかに貯金通帳の残高を確かめてみたりもした。

そんな折り、曾根崎教授のひとり息子、伸一郎が帰省した。伸一郎は東京・帝華大学理学部に在籍していたが、優秀で、教室員のウワサでは天下の帝華大でも目立っているらしかった。理論物理学教室というところは浮き世離れしていたので、他大学どころか、自校の教員人事のウワサさえ滅多に俎上《そじょう》に載ることはない。まして学生のウワサなどするはずもない教室だったので、教授の息子とはいえウワサの種になるということは、優秀さが際立《きわだ》っているのだろう、とみどりは推測した。小早くに妻を亡くした曾根崎教授は、男手ひとつでひとり息子を育てあげていた。小学校の頃から託児所代わりに理論物理学教室に出入りさせていたというから、それが英才教育になっていたのかもしれない。実際、帰省した伸一郎は、我が家のように教室を闊歩《かっぽ》し、教室員も突然の闖入者《ちんにゅうしゃ》を寛容に受け入れていた。

伸一郎は教室員に可愛《かわい》がられていた。大学院生が退屈しのぎに伸一郎に難題をふっかけると、伸一郎は飄々《ひょうひょう》と、その難問を解いてしまう。それとなく教室員に事情を尋ねると、みどりが教室に来るのと入れ違いで伸一郎が教室を去り、東京の帝華大に進学したらしい。マスコット・ボーイを失い、バランスを崩していた理論物理学教室の立て直しに、自分が少しは役立ったようだとみどりは何となく気づいた。

華やかな若武者が、ただひとつ父親や教室員を失望させたのは、東城大ではなく、東京・帝華大学を進路に選択したことだろう。しかしそのことよりもむしろ、理論物理学でなく、娑婆《しゃば》ッ気たっぷりの応用物理学を選んだことの方が問題視されていた。選択の方向性が父親と真逆だったので、そのことをきっかけに息子と父親の間にある深い溝が露呈してしまった。それはそのまま、父親の峰男が率いる理論物理学教室の教室員と、息子である伸一郎との間の深い溝になった。

そうした確執を、周囲の空気や会話の断片などから、みどりは推測した。

特別な夏。八月の始め、夏真っ盛りのある日のことだ。

息子が長期休暇で帰郷し上機嫌な曾根崎教授は、河川敷でバーベキュー・パーティを開いた。招待されたみどりは理恵を誘ったが、年頃の少女にありがちな自意識過剰から、参加をしぶっていた。だがいつも理恵に対し放任主義を貫くみどりが珍しく、保護者として強権を発動したため、理恵もしぶしぶ参加することになった。

思えばあの時、みどりには何かが起こるという予感があったのかもしれない。

快晴の河原に歓声が響く。教室員とその家族、隣の工学部電算室メンバーが参加した。肉が焼ける匂《にお》いに、ビールの泡の香りが混じり、子どもたちは野菜屑《くず》を川に投げ込み、キャベツの葉を笹舟《ささぶね》に見立ててレースに興じた。大人たちは集って理論物理の議論を始めた。

理恵は人とは交わらず、大きな石に腰を下ろし、文庫本を読んでいた。川面《かわも》に乱反射する光が理恵の横顔を飾っていたが、バーベキュー・パーティに参加していた人たちがうつむき加減の理恵の美貌《びぼう》に気づくことはなかった。

「はい、これ」

いきなり背中から掛けられた声に、理恵は振り返る。当時の流行だった長髪にした曾根崎伸一郎が理恵に紙皿を差し出していた。その上には焦げた肉とピーマンが並んでいる。

理恵はちらりと伸一郎を見て、うつむきながら答える。

「私、お腹《なか》がいっぱいで」

「そんなはずないだろ。君はほとんど食べてないじゃないか」

理恵は改めて伸一郎を見た。この人、ずっと私を見ていたのかしら。

理恵は呟《つぶや》くように答える。

「ふだんから食欲はあまりないんです」

仲一郎は理恵の隣に腰を下ろす。小石を拾い、川面に投げる。

「今、君は、僕が君のことをずっと見ていたんじゃないかと思って警戒しただろ？」

図星をさされた理恵は、仲一郎から視線を逸《そ》らし、仲一郎は言葉を続けた。

「それは半分当たりで半分外れ。確かに僕は君を見ていた。だから、君がほとんど何も食べていないことを知っている。だけどそれは、君が考えているような注目の仕方じゃあないんだ。僕はここにいるみんなを、君と同じレベルで注目していたんだ」

「どういうことですか？」

理恵は尋ねた。仲一郎は、整いすぎて冷ややかにさえ見えるその表情を崩すことなく続ける。

「僕はこの場に居合わせた人がどう行動したか、すべて把握している。だから目についた破断点の修正に動いた。それが今、君に差し出しているこの皿、というわけさ。この鶏肉《とりにく》の皿を君が消費するのは、バーベキュー・パーティの調和を完成させるために必要なんだ」

変な人。

理恵は、皿の上の焦げた肉を見ながら尋ねる。

「あなたが言っていること、よくわからないんですけど」

伸一郎は理恵の顔を覗《のぞ》き込んで言う。

「だろうね。せっかくだから説明しよう。例えば今日準備された肉の総量は牛肉四十八片、豚肉六十片、鶏肉七十一片。現在の消化率は牛肉が百パーセント、豚肉は九十二パーセントで鶏肉になると八十六パーセントだ。牛肉を一番消化したのは宮野助教授で十八片、次いで大学院の木田さんの息子さんが十二片、次は助手の佐久間さんで五片、ちなみに僕の親父《おやじ》も三片消化している。ね、このバーベキュー世界の肉のバランスは片寄りすぎてるだろ？　調和が崩れると世界は不安定になる。だから肉の消化率がもっとも低い点に残りの肉を割り振り、アンバランス解消を目指したわけさ」

伸一郎は理恵に向かってフォークを渡す。

「わかったかい？　君がこの肉を消化するのはこの場の因果律の中では必然なんだ。僕は確かに君に注目していたけれど、君だけに注目していたわけじゃない。そこはあらぬ誤解だから勘弁してほしいね」

理恵は目を見開いた。高校生になり、上級生や同級生の拙《つたな》い告白に慣れていた理恵にとって、理恵を全く眼中に入れていないかのような伸一郎の言葉は、新鮮に響いた。

差し出された皿を受け取りながら、理恵は尋ねた。

「お肉についてはわかりました。じゃあ、このピーマンの意味は？」

伸一郎はウインクをして、笑う。

「ピーマンのかけらに意味なんてあると思うのかい？」

梯子《はしご》を外されたような気分になって、むっとする。その表情を楽しむように伸一郎は言った。

「君、ピーマン嫌いでしょ。さっき君のお母さんから聞いた。だから好き嫌いの矯正と残り物の処分を兼ねた一石二鳥。こっちは世界平和のミッションではない」

理恵は受けとった皿を手近な岩の上に置き、再び文庫本を取り上げる。

「ピーマンの消化率はどんなバランスですか？」

伸一郎は肩をすくめて答える。

「そんなの知らないよ」

「だってさっき、バーベキュー世界のバランス全体を俯瞰《ふかん》してるって」

「あのね、バーベキューの本質は肉だろ？　肉以外をトレースするなんて無駄さ。そこまでこだわると、結局親父みたいな二流学者で終わってしまうんだ」

伸一郎が投げかけた視線の先には、ビールを片手に上機嫌の曾根崎教授が杯を重ねていた。伸一郎はそんな父親を冷たい視線で見つめる。

「大切なのは何を重視するか、なのさ。裏返せば、何を切り捨てるかということだ。すべてを抱え込めば世界は丸くなり、宇宙空間に浮かぶ青い地球のように、何も突出しない平板なものになってしまうんだ」

「地球が平板だなんて、おかしいでしょう。エベレストみたいに高い山もあるじゃないですか」

理恵の言葉に、伸一郎はふ、と笑う。

「地球を西瓜《すいか》に例えれば、エベレストなんてちょっとした皺《しわ》だよ。今の君の考えは、人間という卑小な存在から見た固定観念にすぎないね」

理恵は伸一郎の論理的な言葉と端整な顔立ちの裏に隠された冷たさを感じ取る。文庫本を閉じ、立ち上がる。その場を立ち去ろうとして、ひとこと言い残す。

「あなたみたいに理路整然と物事を語る人って、嫌いです」

言ってしまってから、理恵は伸一郎の顔をのぞきこむ。その表情に動揺の影が認められないのを確認し、ほっとすると同時に、唇を噛《か》んだ。

野菜焼きの皿を手にしたみどりは、ふたりの様子を岩陰から眺めていた。理恵が誰とも交わらず、食事もしないのが気がかりで近寄った時、伸一郎が割り込んできたのだ。理恵は悔しいと思った時に唇を嚙むクセがある。本人が気づいていないその表情をみどりが知っていて、そしてこの時に理恵がそうした表情をしたということを、みどりが知っていること。その事実を、理恵も伸一郎も知らない。ふたりは、初めての出会いのシーンすら忘れているかもしれない。そうした印象的な情景は、往々にして当事者ではなく、周囲の人のこころの中にひそやかに保存されるものなのだ。

バーベキューの後、それまでみどりの職場にまったく関心を示さなかった理恵が、時折、教室の様子を尋ねるようになった。みどりの話の断片から、伸一郎が応用物理学から、帝華大に新設された社会論理学という学問に転進したことを知ったのは、それからほどなくしてのことだ。時期を同じくして、伸一郎は頻繁に帰省するようになった。息子の帰郷を曾根崎教授は、嬉《うれ》しさを隠した素っ気ない口調で時折、みどりに報告した。

◐

新幹線の自由席に座り、ため息をつく。代理母の件は了承したが、理恵の指示はあっさりしすぎていて不安が募った。見知らぬ異国のひとり旅に似た不安感。もっとも、みどりには海外旅行の経験はなかった。

一週間前、代理母を承諾した時の、電話での理恵との会話を思い出す。

「ありがとうママ。ごめんね、無理ばっかり言って」

みどりは素直に、娘の願いを叶《かな》えてあげられて嬉しい、と思った。だがほんのりとした感情は、次の言葉でたちまち吹き飛ばされてしまった。

「じゃあ、顕微授精はこっちでやっておくね。できれば元旦《がんたん》に胚《はい》移植をしたいから年末年始は私のマンションで過ごせば？」

一方的に年末年始の計画を決めようとする理恵の強引さに、思わず反発する。

「お正月は困るわ。句会があるの。正月明けに日程をずらせないかしら」

正月の句会に誘われていたのは事実だったが、返答は保留していた。自分は文学的センスに乏しいということもよくわかっていた。だが、人は自分にはないその芳香に憧《あこが》れるものなのだ。

正月を理恵の許《もと》で過ごすことに異存はない。だが、一方的にスケジュールを決められるのは不本意だったので、ちょっと反論してみたのだ。

理恵は受話器の向こうで沈黙する。みどりの耳に、部屋の掛け時計の針が秒を刻む音が聞こえ、そこに理恵の低い声が重なった。

「ママ、私の子どもを産むことと句会と、どっちが大切なの」

むっとして黙り込む。聞きたいのは、そんな言葉じゃないのに……。

みどりはぽつりと言い返す。

「句会なんかって言うけど、あたしにとっては大切な行事なのよ」

ささやかな反論を頑迷な抵抗と曲解した理恵は、苛立《いらだ》ちを隠さずに言う。

「わかった。なら無理は言わない。じゃあ、いつがいいの？」

そして小さく呟く。

「これじゃあ年末年始の勤務調整を一からやり直さないと……」

受話器の間に長い沈黙が流れた。沈黙の重さがみどりの身と心を苛《さいな》んでいる。

自分を貫くことを諦《あきら》めたみどりは、言った。

「わかったわ。句会はお断りする。大晦日《おおみそか》に理恵ちゃんのマンションに行くわ」

理恵はほっとした口調で答える。

「そうしてもらえると助かるわ。ありがとう、ママ」

ありがとうと言われたのは二度目だが、二度目のありがとうは、最初の〝ありがとう〟とは全然違う色合いに見えた。みどりは尋ねてみる。

「ところで、何でそんなに元旦にこだわるの？」

理恵は沈黙した後で、朗らかに言う。

「受精した日を忘れなくてすむから。後で妊娠経過が計算しやすいんだもの」

みどりの胸中を一瞬、得体の知れない感情が突き抜けていった。

みどりは大晦日に訪問する前に一度、クリニックを見学したいと言い張った。

「理恵ちゃんにとっては当たり前でも、あたしにとっては初めてで不安なの。事前にどんな病院か見たいわ。だってそこであたしが産むんでしょ、あなたの赤ちゃんを」

みどりは、あなたの、という言葉にアクセントをつけ、頑《かたく》なな娘を崩そうとする。

「絶対に理恵ちゃんの迷惑にならないようにするから」

そこまで言われると理恵も無下《むげ》にはできず、ため息と共に承諾した。

「仕方がないわね。じゃあ次の金曜夕方五時過ぎ。ひょっとしたらママの相手をできないかも知れないけど、それでもいい？　実はちょっと前まで大変だったの」

「何かあったの？」

「クリニックの院長先生が御病気な上に、産婦人科学会は大騒動の真《ま》っ直中《ただなか》。私、これでも帝華大の助教でしょ。とばっちり仕事が降ってくるの。下《した》っ端《ぱ》は辛《つら》いわよ」

理恵から事情を聞きだすのはやめた。きちんと生活しているか、心配なだけだ。それは幼い理恵を見守る母親の視線だ。結婚し、一人前の医師になった今でも、みどりにとって理恵は、自分の手を一生懸命握り返してくる小さな子どものままだ。

「せっかく週末に出てくるなら、私のマンションに泊まれば？」

その言葉は一番嬉しかった。だが、みどりは用心深く答える。

「無理しないで。一応は泊まるつもりで行くけれど、無理ならいつでも帰るから」

「たぶん大丈夫よ。今は状況が変わって、スケジュール的には余裕があるから」

こうして一週間後の今日、みどりは理恵が週一日アルバイト勤務をしている病院、マリアクリニックを訪問することになったのだった。


東京駅の巨大モールで迷い駅員や店員に質問を繰り返し、ようやく地下出口から地下鉄駅にたどりつく。距離から見れば散歩程度のはずなのだが、東京駅新幹線ホームから直近の地下鉄駅にたどりつくのに、たいそうかかってしまった。

——だから東京は嫌いなのよ。

切符を購入し、自動改札を抜ける。肩がぶつかっても謝罪しない背広姿のサラリーマンがみどりを追い抜いていく。列車の到着を告げるアナウンス、轟音《ごうおん》、扉が開くと同時にホームに流れ込む雑多な音、発車のメロディに重なる次列車の到着の遅れを告げるアナウンス。それらが一斉にみどりの耳に響いてくる。

メトロポリタン・シティ、東京。

そのど真ん中で、ひとりぼっちの理恵が、この瞬間も巨大ななにかと格闘しているのかと思うと切なくなる。胸の中の幼い理恵をぎゅっと抱き締める。


みどりは銀色の手すりに摑《つか》まり、電車の振動に身を任せている。若い女性に席を譲られそうになったが、笑顔で断った。座り込みたいくらい疲れていたが、それは肉体の疲れではなく、慣れない人いきれの中での精神的な疲れなので、座るよりも車窓を流れる景色を眺めている方がやすらぎになるはずだとわかっていたからだ。

もぐら穴のような地下鉄の窓の暗闇《くらやみ》に眼を凝《こ》らしていると、突然夕焼け空が浮かび上がる。

トンネルを抜けて、車両が地上に出たのだ。

見慣れない車窓の景色をじっと見つめる。東京に来たのは高校三年の理恵が予備校の夏期講習に通いたいと言った時以来だ。あれから十年以上の年月が経《た》っているのだから、車窓の景色がよそよそしく思えるのも当然なのかもしれない。

だが、変わらないこともあった。予備校の受講手続きのため付き添って上京したあの時も、やはり地下鉄に乗っていて、まったく同じ感想を持ったものだ。

――どうして地上に出ても、地下鉄と呼ぶのかしら。

セーラー服姿で緊張していた理恵の幻影に、みどりは同じ口調で問いかける。

その時、みどりはふと気がついた。

ひょっとして予備校に通っていた時、理恵はひそかに伸一郎さんと会っていたかも知れない。

ふたりの交際の経緯を思い出すと、自分の推量が的を射ている気がした。結局、学生結婚したのだから問題はないはずなのに、妙に苛立たしく感じる。

窓の外は夕闇に沈み、次第に木々の色合いが濃くなっていく。せっかく地上に出た地下鉄は、ふたたび地下深く下降を始める。笹月《ささつき》駅に到着したという車内アナウンスが流れ、みどりは席を譲ってくれようとした若い女性に礼を言い、電車を降りた。

エスカレーターが上昇する。すれ違いに地下に潜っていく背広姿の戦士は、地下のねぐらで深い眠りに入るのだろう。

地下鉄出口に出てみるとロータリーに、客待ちタクシーの姿はなかった。

タクシーならワンメーターだよと言われたが、徒歩十分なら歩こうと決めて、みどりは軽やかな足取りで道を辿《たど》り始める。

駅前ロータリーの風景は、桜宮駅前と変わらない。スーパーの名前が違う他は驚くほどそっくりだ。三階建てのスーパーは昔ならデパートと称されただろう。デパートよりスーパーと呼んだ方が今は集客力があるのかもしれない。子どもの頃、デパートという言葉に感じた高揚感がなくなってしまったことはみどりにとっては何となくさみしいことだった。

理恵が送ってきた道案内のファックスにはムダがなかった。二番出口を出てスーパー・ササツキに向かって右方向へ五分歩くと森が見えてくるから、舗道沿いに歩けば蔦《つた》屋敷みたいな洋館に到着する。そこがゴールだ。

歩き始めてしばらくすると、鬱蒼《うっそう》とした森が広がった。反対側には市民球場があるらしいが、柏《かしわ》の梢《こずえ》に遮られて見えなかった。公園の縁をなぞっていくと、壁一面に枯れた蔦がからみついた三階建ての建物が目に入った。看板の文字が目に入る。

マリアクリニックに無事、到着。

みどりはため息をついた。

クリニックの入口を確認し、建物の周囲を歩く。約束の時間には早いが、市民球場まで足を伸ばすには時間が足りない。なので周辺の一区画を散歩しようと考えた。

クリニックの裏手に回ると、季節外れのコスモスが様々な色合いで咲き乱れていた。

まあ、と呟《つぶや》き、白いコスモスを一輪、手に取った。

「よろしかったら、花束でお持ちになりますか」

綺麗《きれい》な声。顔を上げると白髪の老婦人がみどりに微笑《ほほえ》みかけていた。その瞬間、この人が理恵の勤める病院の院長、三枝茉莉亜《さえぐさまりあ》先生に違いない、と直感した。電話でたまに理恵の口から語られる姿と、ぴったり一致した印象だったからだ。

茉莉亜は、みどりの顔を見て一瞬、怪訝《けげん》な表情になる。そして尋ねる。

「失礼ですけど、ひょっとして曾根崎先生を訪ねてこられたのでは？」

みどりは驚いて、うなずく。茉莉亜はにっこり笑う。

「やっぱり。理恵先生のお母さまでしょう？」

「ええ、そうです」

「どこかでお会いしたことがあるような気がしたものですから。面影がありますもの。申し遅れましたけど、私、このクリニックの院長の三枝と申します」

みどりは頭を深々と下げて言う。

「いつも理恵がお世話になっておりまして」

茉莉亜は目をくるくると回し、悪戯《いたずら》っぽい表情になる。

「あら、いやだ。お世話になっているのはウチの方なんですよ。だって理恵先生は優秀で、あちこちの病院から引く手あまたなのに、安いお給料しか支払えないウチに来続けて下さっているんですもの」

「理恵はいつも私に、院長先生にお世話になっているという話ばかりで。粗忽《そこつ》に育ててしまったので、ご迷惑をおかけしているのではないか、とそればかりが心配で」

「そんなことありませんってば」

「いえいえ、そんな」

茉莉亜は笑顔で、このやり取りをうち切る宣言をした。

「これではいつになっても終わりません。理恵先生とお約束でしょ？　どうぞお入りください」

腕時計を見ると、約束の時間を五分ほど過ぎていた。みどりはもう一度丁寧に頭を下げ、クリニックの正面に回ろうとする。その時、背後から茉莉亜に声をかけられ、振り返る。

「こちらからどうぞ」

戸口を開き、招き入れるその先に、クリニックの裏口が見えた。みどりはもう一度お辞儀をして、中庭に足を踏み入れた。診察室への廊下の古びた匂《にお》いを嗅《か》ぎながら、みどりはふと、理恵の高校の学園祭に行った時のことを思い出していた。

制服姿の高校生が跋扈《ばっこ》する中、みどりを目敏《めざと》く見つけた理恵は小声で「ママ、こっち」と言う。廊下の隅に連れて行くと、黄色い紙片を手渡しながら言う。

「これ食券ね。どのお店でも使える共通券よ」

みどりは周囲を見回す。

「にぎやかね。理恵ちゃんがやってるのはどのお店？」

理恵はしん、とした目でみどりを見る。

「うちのクラスはお店はやってないの。私、実行委員だから、もう行かないと」

理恵は黄色い手書きの食券を押しつけ、人混みに姿を消す。残されたみどりがあちこちに視線を彷徨《さまよ》わせていると、背後から声を掛けられた。

「あ、やっぱり理恵のママだ」

小学校時代からの同級生、中学まで家に遊びに来ていた娘。真紀ちゃん、だっけ。

真紀は、みどりが手にした黄色い食券を見て、言う。

「理恵のママ、よかったらウチのクラスのクレープ屋にどうぞ。サービスしますよ」

「ありがとう。真紀ちゃんは高校では理恵とは違うクラスになったのね」

真紀は不思議そうな顔をする。

「同じクラスですよ。あたしと理恵は腐れ縁だもん」

みどりは、真紀を見つめた。手の中の食券を握りしめ、ぽつりと尋ねる。

「じゃあ、理恵ちゃんの作ったクレープを食べられるかしら？」

真紀は制服のポケットから紙を取り出すと、視線を走らせて言う。

「理恵は当番が終わったばかりだから無理ですね。たぶんそのへんをふらついていますよ」

通りかかった友人に声をかけられた真紀は、返事を返しながら、みどりに言う。

「じゃあ、また。理恵に会ったら、ママが来てるよ、と伝えておきますね」

みどりは作り笑いを浮かべ、遠ざかる真紀に手を振る。その姿が消えたのを確かめてからもう一度、人混みを見遣《みや》る。うつむいたみどりは踵《きびす》を返して校舎を後にする。

校門を出たとたん、背中のざわめきが一瞬にして消えた。

◐

診察室の扉を開けると、理恵は三枝茉莉亜院長先生に笑顔を向けた。だが、後ろからみどりが入ってきたのを見て、表情が強《こわ》ばる。みどりは、学園祭の時の理恵の立ち居振舞いを思い出した。

「やだわ、理恵先生ったら。お母さまがお見えになるのなら、ひと言言って下されば よかったのよ。そうすれば離れでお茶くらいお出しできたのに」

三枝茉莉亜院長が言うと、理恵はにこやかな表情に戻って、会釈《えしゃく》する。

「すみません、院長先生。プライベートでしたので」

「遠慮はなしよ。だってこのクリニックは理恵先生のおかげで持っているようなものなんですからね。でも、これで年寄りは退散するわ。お母さま、どうぞごゆっくり」

退出しようとした三枝茉莉亜の背中に、理恵が声をかける。

「あの、母に病院を見学させたいんですけど、よろしいでしょうか?」

茉莉亜は振り向いた。

「理恵先生、ここはもう理恵先生の病院なの。だからお好きになさって」

そう言うと茉莉亜は咳《せ》き込んだ。だが、理恵とみどりが心配する声を掛ける前に、扉が閉まり茉莉亜は姿を消した。

診察室にはみどりと理恵が残された。部屋は電気ストーブで暖かいが、理恵の冷ややかな視線が、その暖かさをみどりから奪う。

理恵は立ち上がる。

「しょうがないなあ。遅いと思ってたら、院長先生と立ち話なんかしてたのね。ダメよ、院長先生は御病気なんだから。まあ、でも先週、最後の入院患者を転院させたばかりだから、今はヒマといえばヒマなんだけど」

「入院患者さんをよそに回すなんて、この病院、危ないの？」

理恵はみどりを見る。

「ママが心配しているより、もっと深刻。ここじゃ何だから、下で話すわ」

みどりの中では小さかった娘が、今や院長先生の片腕として信頼されている。その様子を見て、みどりは自分の肩の荷が軽くなったのを感じた。

夫に先立たれ、女手ひとつで育てた一粒種の娘。聡明《そうめい》で自慢の種だった娘は、なぜかいつもみどりによそよそしく、娘から投げかけられるガラス片のような視線や、木切れのささくれみたいな言葉を受け取るたびに、どうして理恵がそんな風に反発するのか、思い悩んだ。

だが、みどりは理恵に抗議はしなかった。そうした感覚は、単に受け取り方による思い違いかもしれない。そう考える方が、感情的にならず、平和主義者のみどりにはしっくりする。

――みんなあたしの気病みのせいなんだわ。

階段を降りていく理恵の後ろ姿を、小さい頃の娘の背中と重ね合わせ、みどりは無言の指示に従って、地下へ向かった。

三章　虹蔵不見

初冬・小雪初候

理恵は、みどりが階段の下にたどりつくと、灰色の扉を開く。

蛍光灯が、薄緑色の部屋の壁を照らし出す。古ぼけた建物だが、この部屋は新築のように晴れがましい。だがこの部屋には、この病院全体に漂う暖かさは感じられない。

診察用の椅子《いす》に座った理恵は、みどりに患者用の丸椅子を勧める。

部屋を見回し、自分の両腕を抱いて、みどりは言う。

「殺風景な部屋ね。上の診察室は暖かみがあったのに」

理恵は微苦笑を浮かべる。

「こういうのは殺風景っていうんじゃなくて、合理的って言うのよ、ママ」

白衣の娘からママと呼ばれると、なぜか居心地が悪い。

「じゃあ、合理的って殺風景なものなのね」

理恵はみどりを見つめ、声を上げて笑う。

「どうしてもこの部屋を殺風景にしたいのね。でも、そうなると今の日本の新しい病院はどこも殺風景になってしまうわよ。だってこれは標準的な内装なんだもの」

「上の診察室とはずいぶん感じが違うわ」

「そりゃそうよ。診察室は大昔の医療の名残り。院長先生がお若い時に作ったモダンな診察室なんだから。あの頃の医療は未熟だったけど夢と希望があった。人々は医者を尊敬していた。私はその時代を、院長先生の思い出話の中でしか知らないけど」

理恵は白紙のカルテを開くと、端整な文字で、山咲みどり、と名前だけを書き込み、棚に戻す。みどりは尋ねる。

「住所とかは書かなくてもいいの？」

「実家の住所なんて書かなくてもわかるでしょ」

「でも、カルテって病院のものでしょう？　それならきちんと書かないといけないんじゃない？　だって診療費を支払う時に必要でしょ？」

どんな業界でもお金の受け渡しと身元確認はきちんとしなければならない、ということをみどりは身にしみて知っていた。短期間だが不動産屋の事務手伝いをしていた経験もあったし、実家が自営業をしていて、厳しく言われていたせいもある。

理恵は答える。

「今回の診察は病院会計を通さなくていいって、茉莉亜先生が言って下さってるの」

「それは悪いわ。払うべきものはきちんと払わないと」

「それはママが心配することじゃないから」

みどりは押し黙る。言い過ぎたと反省したのか、穏やかな言葉で理恵は続けた。

「私はこの病院でバイト料以上の働きをしていて、院長先生も認めて下さっているの。バイト料を上げてくれると言われたけど、病院も景気がよくないから辞退したわ」

「理恵ちゃんって偉いのねえ」

しみじみとみどりが言うと、理恵は照れてうつむく。

「だから今回ママの件を報告したら、この件の費用は請求しないで、とおっしゃってくれたの。あんまり断るのもなんなのでお言葉に甘えることにしたの」

「院長先生って優しいわね」

理恵は顔をぱあっと明るくさせて、うなずく。

「そうなの、素晴らしい先生よ。でも……」

明るく輝いた表情に翳《かげ》りが走る。やがて、ぽつりと言う。

「院長先生はご病気で、もう長くないの」

みどりは息を呑《の》む。だが、理恵の表情には、感情の揺らぎは感じられなかった。

みどりは話を変えた。

「聞きづらいことだけど、理恵ちゃんの赤ちゃんのことを教えて」

理恵の目に影がよぎる。みどりの背筋に、一筋の冷たい何かが走る。

ふっと理恵の武装が解けた気配がした。

「代理母になってもらうママには、私たち夫婦のことを理解してもらわないといけないわね」

そう前置きをして、理恵は静かな声で話し始めた。

夏休みに伸一郎の勤務地の米国に遊びに行き、そこで子どもを授かったこと。妊娠後に子宮に異常があり妊娠継続が難しいとわかり、子宮摘出手術をしたこと。その前処置した卵巣《らんそう》をひとつ摘出し、卵子を採取し凍結保存したこと。

理恵の物語は無駄のない言葉で語られた。みどりの中には、野ざらしで白骨になったような物語のあらすじしか残らなかった。

「大変な思いをさせてごめんね」

切なそうに呟《つぶや》くみどりを見て理恵はきょとんとした表情になる。

「なんでママが謝るの？」

「あたしが理恵ちゃんをきちんと産んであげれば、こんなことにはならなかったわ」

理恵はまじまじとみどりを見た。それからくすくす笑い出す。

「私の子宮の奇形はママのせいじゃない。怪我《けが》や病気に因果律なんか存在しないわ」

その言葉は理解できなかったが、理恵が自分を恨んでないということはよくわかった。それでも、みどりの中に芽生えた罪の意識は消えなかった。

その瞬間、みどりは決心した。

——理恵ちゃんの子どもを産むのは、あたしが理恵ちゃんにしてあげられる一番大切なことで、そしてしなくてはならないこと。

みどりはうなずいて、最後の言葉をつけくわえる。

——そして一番してあげたいこと。

そう自分に言い聞かせた瞬間、何とも言えない不協和音が鳴り響いた。

「ママが協力してくれて本当によかった。日本では親族による代理出産しか行なわれていないから、断られたらインドか米国《アメリカ》にでも行かなくちゃと思っていたの」

みどりは目を瞠《みは》る。

——理恵ちゃんはこんな大切なことを、赤の他人に頼むつもりだったの。

理恵の言葉と自分の心中の呟きが、みどりのこころに深く突き刺さった。

みどりの気持ちを置き去りにして、理恵は、しゃきしゃきした口調で話し始める。

「これからの予定を説明するね。今日ママがきてくれてよかった。ホルモン療法を始めるために、いろいろな説明をしなくちゃいけなかったの」

「ホルモン療法？　どうしてそんなことをするの？」

みどりが鸚鵡《おうむ》返しで尋ねると理恵は、呆《あき》れ顔で答える。

「ママはこれから妊娠するから、妊娠を維持できる身体にならないといけないの」

「だって、その、あたし、もう終わってるけど……」

「だいじょうぶ。閉経後でも、環境を整えるホルモンを服用すれば妊娠できるの」

「本当に、あたしみたいなおばあちゃんの身体《からだ》でも赤ちゃんを産めるの？」

理恵は笑顔のままで答える。

「なに言っているの。ママは若いわよ。おばあちゃんなんて言ったら叱《しか》られるよ」

理恵はお世辞を言わない娘だったので、みどりは少し誇らしい気持ちになる。

「あたしがこれから受ける治療のことがわかる資料みたいなもの、あるかしら」

「どうしてそんなものが欲しいの？」

理恵が不思議そうに尋ねる。みどりは答える。

「せっかくだから、理恵ちゃんのお仕事のことをもっとよく知りたいの。電話で聞いても難しいって言って何も教えてくれないし、たまに帰っても、仕事の話はしないし。でも、今ならいろいろ教えてもらってもいいかなと思って」

理恵は腕組みをして考え込む。

「確かにママにはいろいろと理解してもらっておいた方がいいかも……」

理恵は部屋を見回して、天井を見上げる。やがて椅子から立ち上がる。

「それならパンフレットなんかより、実物を見ていく？」

理恵の言葉に、みどりは勢いよくうなずいた。

手渡された手術衣に着替えた。服は肌触りは悪いが、着心地は悪くない。布の帽子をかぶり、紙マスクをする。着替えた理恵の後について行くと、硝子《がらす》戸の自動扉が開いた。狭い部屋に足を踏み入れようとしたみどりに、理恵は言う。

「サンダルを履き替えて」

あわててプラスチックのサンダルに履き替え、小部屋に入り理恵と密着する。扉が閉まり、小部屋に密閉された次の瞬間、四方八方から強い風が吹き付けてきた。小さな悲鳴を上げ、みどりは身を縮める。三秒ほど、ジェット気流の風が流れ、止まると反対側の硝子戸が開く。平然としている理恵を追い、隣の部屋に入る。

「もう一度、サンダルを履き替えるの」

ピンクからグリーンのサンダルに履き替え、胸に手を当てながら尋ねる。

「な、何よ、今の？」

何のこと、と問い返した理恵に、みどりは尋ねる。

「すごい風。何なの、あれ？」

「ああ、あれね。エア・ジェットよ。この部屋は清潔区域だから、ああやって埃《ほこり》を除去するの。雑菌は大敵なのでサンダルも二度、履き替えるし」

うなずいたみどりは、それなら事前にひとこと教えてくれればいいのに、と思う。


無機質なその部屋には金属製の大きな箱の器械の隣に顕微鏡が置かれ、赤いランプや青いモニタが並ぶ。常にエアの排出音のような音が鳴り響いているところなど、その様子は、宇宙船の内部にそっくりだった。

理恵が器械のスイッチを入れると、モニタ上にモノクロの粗い画面が浮き上がる。見たことがあるような画像だなと思いながら、みどりはその思い出のかけらを指のすき間から取りこぼす。抑揚を失った理恵の声が奇妙な反響を引いて部屋中に響く。

「これが排卵誘発剤刺激後の卵巣のエコーよ。低エコー層からエッグを採取するの」

「エッグって、タマゴのことよね？」

「そう、卵子のことよ」

理恵がうなずくと、みどりはしみじみと言う。

「卵子ってずい分大きいのねえ……。あれ？」

みどりが呟く。「卵子が潰《つぶ》れちゃったわ」

理恵は怪訝《けげん》そうな顔になるが、すぐ笑う。

「今潰れたみたいに見えた黒い所は卵胞と言って、タマゴの周囲の水なの。卵子は卵胞の中にある小さい白い点よ」

「ふうん、じゃあどこが卵子？」

理恵は笑顔のままで言う。

「卵子はちっちゃいから、エコーの画像では見えないわ」

自分は幼稚園児のようだと思いながらも、質問を止《や》められない。何しろ自分が妊娠するのだ。しかも実の娘とはいえ、他人の子どもを。通常の妊娠なら、こんなに根ほり葉ほり質問しないわよ、とみどりは心中でいいわけする。さらに質問を続ける。

「画像で卵子が見えないのなら、どうやって受精させるの？」

理恵が画像操作盤のスイッチを切り替える。黒が基調の画像が、白く替わる。

「顕微鏡で観察すると、卵子は半透明で丸く見えるのよ」

眼を凝らすと、画面の中央に白く透明な輝点が見えた。みるみるうちにズームされ、画面いっぱいに半透明な球体が映りこむ。

「こうやって顕微鏡下で卵子を確認しながら受精させるの」

みどりは俯《うつむ》き、「精子はどこ？」と尋ねる。

「ご主人に自分で採取してもらってから精製して、ここで混ぜるの」

「伸一郎さんもお正月に日本に戻ってくるわけね」

理恵は首を横に振る。

「彼は忙しいから無理。代わりにこの前米国に行った時、精子をもらってきたわ」

みどりは理恵を見た。医学的なこととはいえ、娘があっさり、すごいことを言ったことに気づき、頬を赤らめる。みどりはあわてて話を変える。

「どうしてそんなこと考えたの？　その後、赤ちゃんができたのに」

「だって米国と日本の別居生活じゃ赤ちゃんなんてなかなか出来ないんだもの」

だったら伸一郎さんについて行けばよかったのに、と喉元《のどもと》まで出かかった言葉を、みどりはかろうじて呑み込んだ。理恵はぽつんと言う。

「そしたら帰国したら赤ちゃんが出来てた。なのにその子たちは産めなくて、やっぱり体外受精しないといけないなんて残念だわ」

みどりはため息をつく。理恵は気を取り直して、続ける。

「今見せたのは通常の受精。施術《せじゅつ》を受ける母体に痛みがあるのは採卵のところで、受精卵を入れるところは痛くないから心配しないで。代理母に採卵過程はないから、痛くないのよ」

みどりは安堵《あんど》し、痛みに弱いみどりへの配慮かなと思い、ちょっぴり嬉しくなる。みどりはふと浮かんだ疑問を尋ねる。

「これだと誰のタマゴか、精子か、わからなくなったりしないの?」

理恵は黙り込む。やがて静かに言う。

「確かにそれは起こりうること。でも取り違えても誰にもわからないわ。だけどそれって、別にどうってことないの。だって日本で初期に行なわれた人工授精なんて、精子提供者三人分のカクテルで受精させていたんだから。わざわざ誰が父親かわからなくするために、よ」

「そんなこと、許されてたの?」

自分だったら、誰が父親かわからない子どもを産むなんて絶対にいやだという言葉を呑《の》み込む。

「許すも許さないも、日本の私学の雄、維新《いしん》大で決めたことだから、当時は文句を言う人なんていなかった。でもそれは六十年以上前。今は幸い、そんな雑なことはしてないから安心して」

静かに答えた理恵の説明を遠い世界からの声のように聞いていたみどりは、まるでSF映画みたいだ、と思った。

その時、みどりは思い出した。

エコー画像を見た時から、ずっとひっかかっていた記憶のかけら。この部屋の雰囲気全体を見回す余裕ができた時、初めて失われた思い出の断片を思い出せたのだ。

それは古ぼけた映画パンフレットの写真だった。当時ロードショーと呼ばれていた映画に、夫に連れられ一緒に行った映画館で買ったのだ。ハリウッド映画の戦記物で、潜水艦がレーダーで敵艦を映し出す場面が、パンフレットにも載っていた。それがこの部屋で先ほど見せられた画面と瓜二《うりふた》つだった。後になって、みどりはパンフレットを何度も見直していた。淡い緑色の表紙を見る度に、暗闇《くらやみ》の中、夫がためらいがちに、隣に座ったみどりの手を握りしめてきたことを思い出したものだ。

みどりと理恵のふたりは培養室を後にした。手術衣から普段着に着替えると、みどりは小さくため息をついた。ふたりは黙って、もとの机に相対して座る。

その時、タイミングを計ったかのように理恵の携帯電話が鳴った。

「はい。わかりました。大丈夫です。それでは今からすぐに伺います」

理恵は申し訳なさそうに、みどりに言った。

「ごめんね、ママ。大学から呼び出されちゃった。マンションで待っててくれれば仕事が終わり次第、戻るつもりだけど」

みどりは壁の時計を見つめた。午後七時前。みどりは立ち上がる。

「まだ新幹線があるから、今日は帰るわ。こうなったら理恵ちゃんはいつ戻ってくるかわからないし、マンションの場所も知らないもの」

理恵はあっさり答える。「駅まで送ろうか？」

みどりは首を振る。

「いいわよ。帰り道は簡単だから。それより理恵ちゃんはお仕事でしょ。行って」

理恵は考え込んでいたが、あっさり言う。

「じゃあ悪いけどそうさせてもらうね」

手元の薬袋を、説明書と一緒に渡す。

「女性ホルモンの貼《は》り薬を、指示通りに貼ってね。間違えようがないとは思うけど、わからなくなったら電話して。来週から始めれば十二月中旬に生理がくるはずよ」

理恵と連れ立って病院の外にでると、街路を暗闇が覆《おお》い尽くしていた。街灯の光は弱々しく、みどりの吐く息の先端は白くたなびき、闇の中に溶けていく。その先で手を振る理恵の姿が小さくなっていくのを、みどりはぼんやり見つめていた。

◐

医局のソファに寄りかかり、帝華大学医学部産婦人科学教室の清川吾郎《きよかわごろう》准《じゅん》教授は腕組みをしていた。理恵はコートを脱ぎながら尋ねる。

「先生が、私みたいな下《した》っ端《ぱ》を急に呼び出すなんて珍しいですね」

清川は顔をしかめる。

「嫌がらせはやめてくれ。どうしても今すぐ君に話しておきたいことがあったんだ。実は、代理母に関する学術検討会議がついさきほどまで開催されていた」

理恵は、コートを椅子《いす》の背に掛けながら、言う。

「それは大変でしたね。で、あのくだらない勧告案は結局、確定したんですか？」

「悲しむべきことに、賛成者多数で無事可決されたよ」

「ああいう会議って、全会一致が原則なのでは？」

清川はしかめ面《つら》をいっそう歪《ゆが》める。

「全会一致になるわけないだろう。だって僕も委員のひとりなんだから」

「そうでしたね。では、質問を変えましょう。勧告案にひとり異を唱える清川先生に対し、全会一致にするための圧力は生半可じゃなかったでしょう？」

清川はうなずく。

「そりゃあそうさ。あの手この手で、懐柔しようとしてきたんだけどね。結局諦《あきら》めて、全会一致ではなく賛成多数の形になった。しょうがない、さすがに十四対一では、賛成多数まで押し戻すのが精一杯だったよ」

清川を見つめる。四十を過ぎて独身貴族を気取る男。相手が見つからないせいではなく、結婚の意志をもたずに、ふわふわと綿菓子のように生きているからだ。

女たらし。どうしようもないろくでなし。

清川に対する理恵の評価は明快だ。だが、一時、清川とそういう関係になったことを悔やんではいないし、また清川のせいにするつもりもなかった。

——あれは私の選択。誘惑されたせいではない。

清川に惹《ひ》かれた理由はわかっている。出世命の医師にとって失敗が許されない学術検討会議という大舞台で、受け容《い》れられないと知りつつ持論を堂々と開陳する男。そのことを誇るでもなく、単に「バカをバカと言って何が悪い」と言い切る男の捨て身の姿勢に共感し、気がついたら理恵は清川の腕の中にいた。

そういう性質《たち》の男なら一匹狼《おおかみ》を気取り、出世など考えないとうそぶくものだが、清川は俠気《おとこぎ》を示す一方、上司の屋敷《やしき》教授にへこへこと媚《こ》びへつらう一面も見せる。

変なひと。

理恵は、清川に言う。

「だいたい、代理母という母性問題を討議する学術検討会議に、女性委員がいないのが変です。何なら、清川先生の代わりに私が出席しましょうか」

清川はにやりと笑う。

「その案については大いに賛成したいね。ためしに今回、現場の女性医師を委員にするように提案してみた。顕微授精のエキスパートでこの問題に造詣《ぞうけい》深い医師に心当たりがあるからってね」

「で、結論はどうでした？」

理恵の問いに清川は肩をすくめる。

「今の委員構成に欠落はないという座長の鶴《つる》の一声で、あえなく却下されたよ」

「そんな答え、予想済みでしょう。いっそ清川先生が御自身の代わりに私を推挙する、という申し出をする手もあったかも」

清川は理恵の表情を覗《のぞ》き込んで、言う。

「それも考えた。でもこの問題では僕と君の主張はまったく同じだ。それなら僕が委員で問題はない。君の実力は認めるが、ああいう会議では僕の方が上だ。だから止めた。君を委員に入れる時は僕ではなく、別の委員の首をすげかえないと意味がない」

清川の単純明快な説明に納得する。魑魅魍魎《ちみもうりょう》うごめく学術検討会議のメンバーに理恵がひとりきりで放り込まれても、清川以上のパフォーマンスができる自信はない。せいぜい、座長から発言を封殺され続けてしまうのがオチだろう。

「つまり学術の最高機関、日本学術検討会議は、代理母問題の結論として法律上の母親は実際に子どもを産んだ女性とし、卵子提供者の存在は法律上考慮しないという、医学的に非常識な司法判断を追認したわけですね。医学の初歩を完全に無視した判断を、日本の学術の粋を集めた日本学術検討会議の面々が堂々と勧告するなんて、びっくりです。自分たちのマヌケさを公衆の面前に晒《さら》してもいい、と委員のみなさんは腹を括《くく》ったんですか？」

「おおむねはそういうことなんだが、少し訂正が必要だ。連中は決して自分たちがトンマだとは思っていない。この期に及《ご》んでも彼らは、自分たちの判断が正しいと信じている。だからこそ事態は喜劇的なまでに深刻なのさ」

「学術検討会議の先生たちって、現場を知らなさすぎます」

清川はシニカルな笑みを浮かべてひとこと言う。

「そのとおり。だから同じ性質の官僚と仲良しなのさ」

理恵は深く同意する。

「卵子と遺伝的な関係性を持つ場合と、卵子と遺伝的に無関係なケースの区別は医学上厳然としてあるのに、一般妊娠とそうではない妊娠という区別しかしません。医学的に代理母の分類をするという基礎的な議論を飛ばして、遺伝の関係性がない代理母をイレギュラーな妊娠として禁止勧告を出そうとする。そうなると代理母に関して日本の法体系を作ろうとする時、グローバル・スタンダードをベースにできず、結局は二重苦、三重苦が日本の社会を襲うことになります」

怒りに燃えるわけでもなく、淡々と、しかし憮然《ぶぜん》とした表情で、清川は続ける。

「連中にとって、目先の問題を先送りできれば、自分の代の会議は無事に済む。無難な勧告案を提出すれば、御の字さ。こうして、連中は業績をひとつ確定し、それから次のステップに進む。この社会の未来なんて、これっぽかりも考えてはいないんだ」

自説を述べる時の清川はダンディだということを、理恵ですら認めざるを得ない。そして、そういう清川に惹かれてしまう自分を感じる。

理恵はあいづちを打つ。

「そうやってこの国の土台である、官僚たちの蜂の巣構造《ハニーカム・ストラクチャー》は未来永劫《えいごう》守られる、というわけですね」

――清川先生をろくでなしだなんて非難はできない。それを言うなら私だって、ただのあばずれだもの。

理恵は、清川の腕にそっと指先を触れる。

「先生、お食事はされましたか？」

清川は更に言い募ろうとするのを止《や》めて、理恵の細い指先を握りしめる。

「もちろん、まだだ。君に聞かれれば、いつでもそう答えるよ。たとえさっき極上のディナーを済ませたばかりだったとしても、ね」

◐

理恵はうっすら目を開ける。隣でうつらうつらしながら、理恵の黒髪を手で無意識に梳《す》いている清川の無骨な指をそっと押しのけ、裸の上半身を起こす。ベッドを抜け出すと、椅子の背に投げかけたガウンを羽織り、夜景の輝く窓際《まどぎわ》に立つ。

清川が寝呆《ねぼ》けた口調で言う。

「どういう風の吹き回しだい？　なぜ、君は僕の隣にいる？」

理恵は振り返り、微笑する。

「そんなことを女性に尋ねるような無神経な方が、どうしてこんなにモテるのか、本当に謎《なぞ》ですね」

清川は目をつむったまま、口端を持ち上げて笑う。

「その認識は間違ってる。僕はモテてなんかないさ。女性に弄《もてあそ》ばれているだけだ」

「先生の後ろに死屍《しし》累々《るいるい》と横たわる愛の十字架をご覧になったあとでも、同じセリフが言えるのかしら」

清川は答えない。理恵は続ける。

「私がここにいる理由が知りたいなら、教えて差し上げます。極北市民病院の一件で、清川先生は自らの身の危険も顧みず、三枝《さえぐさ》先生のために身体《からだ》を張ってメディア戦略に打って出て下さいました。その勇気に対する純粋な尊敬《リスペクト》です」

清川は上半身を起こし、ベッドサイドの煙草《たばこ》に手を伸ばす。火を点《つ》けて深く吸い込むと、ゆっくり紫煙を吐き出した。

「あれは君のためではないし、三枝のためでもない。自分のためさ。あんなことがまかり通ったら、日本中の産婦人科医の業務が出来なくなってしまう。そうなったら僕はサボれなくなってしまう。それは困るんだ」

清川は続ける。

「一般市民は無知すぎる。お産が百パーセント安全だという誤解が、我々を恐怖させている、ということにまったく気づかない。うまくいって当たり前、失敗すれば僕たち産婦人科医のせい。これではたまったもんじゃない。もちろん医療ミスは存在するが、それと異常分娩《ぶんべん》による死を一緒にされたら、いくら図々《ずうずう》しい僕だってやってられないさ。そうなったら困るから、最小限の義務を果たしただけだよ」

理恵は振り返り、うなずいた。

「そうでした、清川先生はとびっきりのエゴイスト、でしたものね」

あいづちを打ちながら、理恵は心中で呟《つぶや》く。

——立場に応じて、必要最低限の責任ある発言をする人は、今では絶滅危惧種《レッドデータ》なんだけど。

苛立《いらだ》たしげに煙草をもみ消した清川は、再びベッドにもぐりこむと、すぐにすうすうと寝息を立て始める。コトが終わるとまどろむのはいつものことだった。

理恵は枕元《まくらもと》に近づく。眠った清川の頬に、細い指で触れる。

情事の後、清川は外したコンドームを結んで枕元のゴミ箱に入れる。もちろん情事の相手には気づかせず、手早くスマートに。それがプレイボーイの作法であり、清川はその達人だった。

清川の眠りの深さを確認した理恵は、ゴミ箱からしなびたゴムを取り出し、くすりと笑う。

――習慣って恐ろしいわね。私が妊娠できないことを誰よりもよく知っているのは清川先生のはずなのに。

バッグから、缶珈琲《コーヒー》の大きさの水筒を取り出す。氷を詰めた水筒にゴム風船を落としこむと、再びきつく蓋《ふた》をした。

シャワーを浴びた理恵がベッドに戻ると、清川は相変わらず寝息を立てていた。理恵はその頬にそっと口づけると、手早く服を着て、部屋を出た。

シティホテルの玄関でタクシーに乗り込み、行き先を告げる。

「笹月のマリアクリニックまで」

理恵を乗せた車は、ヘッドライトの光の奔流の中に溶け込んで行った。

冷たくて重い扉を押し開けて、玄関の灯りをつけると目の前に誰かがぬっと立っていた。思わず声を上げそうになったみどりは、かろうじてこらえて、眼を凝《こ》らす。通販で買った姿見に自分の姿が映りこんでいた。そういえば、こんな時間にひとり部屋に帰るのは久しぶりだ。いつもならひとりでののんびり好きなことをしたり、何もせずぼんやり過ごしている時間だった。

真っ暗な部屋に戻ったみどりは、やっぱり理恵の部屋に泊まってくればよかったと後悔した。そうすれば、鏡に写った自分の姿におびえずに済んだし、何より朝御飯を一緒に食べることもできたのに、と思う。

長い一日だった。これから先の自分の行為が理恵にとって、娘婿《むすめむこ》の伸一郎にとって、そして何より自分にとって何を意味するのか、みどりは消化しきれずにいた。

灯りをつける。ほっとすると同時に、空腹に気づく。台所を見回すと、今朝のみそ汁の残りと冷えた白飯が残っていた。

火を点《とも》すと、一杯分のみそ汁はすぐに温まる。わかめと油揚げが湯の中でくねるように踊る。みどりは火を消し、左右を見回してから、みそ汁を冷や飯にかける。

子どもの頃の大好物、猫まんま。みどりの母親はこうした食べ方を嫌い、見つけると厳しく叱《しか》りつけた。なのでこの年になっても、猫まんまを食べる時には左右を見回してしまう。

箸先《はしさき》で白米がぱらぱらとほぐれていく。暖かいみそ汁と白米の質感が、胃の腑《ふ》をやさしく充《み》たしていく。半分ほど食べ終えると、みどりはほっとため息をついた。

ひと心地ついたみどりは、うすみどり色の便箋《びんせん》を取りだし、机の前に座る。暗闇《くらやみ》の窓を姿見にして万年筆を弄んでいたが、やがてさらさらと文章をしたため始める。

伸一郎さま

前略、ご無沙汰《ぶさた》しております。日本では秋の色も深まり、吐く息が白く凍る季節になりました。マサチューセッツではいかがお過ごしでしょうか。

今日はまず、ご報告です。クリニックを見学し、代理母の話を聞いてまいりました。専門的なことは、理恵に聞いていただいた方がよろしいかと思います。

主治医が自分の娘ですからまったく心配しておりません。今回、病院を見学して本当によかったです。理恵は信頼されていることがよくわかりましたし、何より院長先生がとてもご立派な方でした。

医学はすごい進歩を遂げているようです。米国で取られた伸一郎さんの精子と、日本で採取された理恵の卵子が、顕微鏡の世界で一緒になり、私のお腹《なか》で育てられる。本当にすごいことです。この先は、おふたりのため、万全の体調で臨めるよう、がんばります。季節の変わり目ですが、どうかご自愛くださいませ。

みどり

二週間後、一通の青い封筒のエアメールが届いた。差し出し人は曾根崎伸一郎。先週より、女性ホルモンの貼付剤《ちょうふざい》を開始していたみどりは、肌の張りが以前と違う、などと思いながら、エアメールを開封した。

二つ折りにされた手紙を開くと、ワープロ打ちの短文が目に入った。

お義母《かあ》さんへ

お手紙ありがとうございました。これからよろしくお願いします。

ところで「米国で取られた伸一郎さんの精子」という記載がありましたが、何のことでしょう。私にはまったく記憶がないのですが。ひょっとして理恵は説明なしでそういうことをしたのでしょうか。困った嫁です（笑）。また何かありましたら、お知らせください。

伸一郎拝

娘婿の手紙を握りしめ、窓の外を見る。枯葉を吹き散らし、木枯らしが一陣、吹き抜けていくのが硝子《がらす》越しに見えた。その風の中、桜宮丘陵にそびえ立つ白亜の東城大学医学部付属病院の勇姿を、みどりはぼんやりと見つめ続けた。

四章 雪下出麦

仲冬・冬至三候

手紙を受け取って一週間。朝、布団《ふとん》の中でまどろんでいたみどりは、下腹部に違和感を覚えた。不愉快ながらも懐《なつ》かしい鈍痛。

——まさか。

理恵の言葉が無機質な響きを伴ってよみがえる。

十二月中旬に生理が来るように薬を処方するね。

——あ。

布団から起きあがり、みどりは洗面所に向かう。

大鍋《おおなべ》に水を湛《たた》え、火を点《つ》ける。小鍋には控えめに水を注ぐ。もうひとつのコンロの火を点ける。

鰹節《かつおぶし》を鰹節削りの上で五往復。くすんだ桃色の薄片を椀《わん》にいれる。あさつきを細かく刻み、鰹節にふりかける。醬油《しょうゆ》の小瓶とみりんの瓶を戸棚から取りだして、並べる。鍋をぼんやり見つめていると、冷え冷えとした台所の空気が次第に温まってくる。

生理の朝は食欲が落ちる。なのでいつもたいてい、そうめんにしていた。小学校高学年で初めて生理を迎えた理恵も、同じ嗜好《しこう》を示した。だから月に三、四日は、母子の食卓はそうめんになった。そんな朝はふたりとも無口で、細い麵《めん》をすすったものだ。

小鍋が沸騰《ふっとう》し始める。醬油を加えると沸騰が収まる。黒く沈んだ煮汁がふたたびくつくつと沸き始める頃、みどりは椀の鰹節とあさつきを小鍋に入れた。

大鍋の水が、ぐわりぐわりと沸騰を始めている。そうめんを取り出そうと戸棚を開け、呆然《ぼうぜん》とする。買い置きしていたはずのそうめんを切らしていたのだ。

理恵と暮らしていた頃は、そうめんを切らすことなどなかった。みどりはようやく、この十年、この家には理恵と生理が不在だったということに気づいた。

火を止める。煮立った鍋は静かになり、湯気だけがゆらゆらと立ちのぼる。椀に汁を注ぐ。ひとくちすすると、胃の腑《ふ》にほんのりと暖かさが広がった。

そうめんのなめらかな食感が口の中によみがえり、まぼろしのように消える。

みどりはテーブルの上の買い物メモに、そうめん、と書きつけた。

生理は重い方だったが、辛抱強いみどりは面には出さなかった。理恵も同じ性質らしく、たまたま母娘《おやこ》の周期が一致した朝の食卓は、そうめんをすする音と、息苦しい雰囲気が綾《あや》を成した。

だが今回は様子が違った。吐瀉物《としゃぶつ》を吐き出した後のように、晴れ晴れした気分になった。喩《たと》えるなら、昔の生理は沈鬱《ちんうつ》な冬の日本海だが、今回の生理は、明るい陽射《ひざ》しのエーゲ海のようだ。

月のものが訪れる度に、こんな幸福感を味わっている女性がいたのかと思うと、みどりはかすかな羨望《せんぼう》を覚えた。

久々の月経は三日で終わった。

おおみそかが近づくにつれ、みどりは次第に落ち着かない気持ちになっていった。その理由を考えてみたが、やはりこれから受ける体外受精のせいだろう、というありきたりの結論しか思いつかなかった。

みどりは改めて、ことの重大さを実感した。通常の妊娠は、妊娠した瞬間はわからない。逆算をすればわかるが、性交中に妊娠につながったかどうかは絶対わからない。

医学の進歩で、ある程度は予測できるようになったが、せいぜい妊娠した確率が多少高いという程度だ。だが今回は違う。受精卵が胎内に入るのだから、自分の胎内に生命が宿った瞬間を確実に覚知できる。あとは着床《ちゃくしょう》するかどうかだけ。

これは女性にとって厳しいことだ。妊娠にはさまざまな要因があり、不妊の原因もまたさまざまだ。そのあいまいさに救われている部分もあるのではないだろうか。

みどりは身震いする。

子宮を手術で取った理恵にとって、今回の代理出産は数少ない貴重なチャンスだ。それが、自分の不具合でうまくいかなかったら、理恵の可能性を減らしてしまう。

——何が何でも妊娠しなくては。

そのためだったら、ありとあらゆることをやり遂げよう。みどりはそう決心した。

◑

冬の午前、弱々しい陽射しが、乗客の少ない新幹線の車内を照らしている。

新年の句会に参加できない一抹の寂しさと共に歳時記をめくっていると、〝おおつごもり〟という言葉を見つけた。そういえば最近はこの言葉を耳にしなくなったな、と気づく。こうして時代の波の中に沈んでいく言葉も多いのだろう。

——あたしだって、この言葉と同じように、いつしか時の流れの中で見失われてしまうんだわ。

頬に手をやる。最近は一段と肌がなめらかになったような気がする。久しぶりの生理を経験して以降、みどりは毎朝爽《さわ》やかに目覚めていた。ここ数年来は、朝起きるとメランコリックな気持ちになることも多かったが、それが一掃された。

——女性ホルモンのおかげかしら。

理恵を妊娠した時のことを考えてみたが、当時の気持ちは思い出せなかった。

これから娘夫婦のたまごを胎内に抱く。つまり、おばあちゃんが孫を産むわけだ。直接産むのだから、おばあちゃんであると同時にお母さんでもあるのね。

そう考えて、みどりは不思議に思う。

一体あたしはどっちになるんだろう。

こんなことが起こるのも、科学技術が進歩したおかげなのだろうが、どうもみどりにはしっくりとこない。

車窓の外に、高層ビルが見え始める。車内アナウンスが流れる。

——間もなく終点の東京です。

新幹線の改札口に、理恵が立っていた。

「わざわざ迎えにきてくれたの？」

思わず声を上げると、理恵は笑顔で答える。

「当たり前でしょ。仕事がなければいつだって迎えに来るわよ」

「さすがにお正月はお休みなのね」

みどりの笑顔に、理恵はうなずく。

「本当は当直とかの義務《デューティ》はあるんだけど、今回だけはお願いしますと、わがままをいって外してもらっちゃった」

「そんなことしてだいじょうぶ？」

「十年近く、文句も言わずに、年末年始やお盆の当直を引き受けてきたから。みんな、今回はどうぞごゆっくりって言ってくれたわ」

「そうなら、いいけど」

理恵は、みどりの旅行鞄《かばん》を取り上げる。

「さ、行こ。そう言えば、ママが私のマンションにくるのって初めてじゃない？」

理恵が東京に出て八年。感慨深げに考え込むみどりを置き去りに、理恵は早足で歩き始める。理恵の背中を、みどりはあわてて追いかける。

この前に来たのは一ヶ月前だったから、マリアクリニックの最寄り駅が笹月駅だということは覚えていた。理恵のマンションはそのふたつ手前の駅らしい。

「そう言えば、車はどうしたの？」

みどりが尋ねると、理恵は振り返らず肩をすくめた。

「売っちゃった」

「いつ？」

「東京に出て二年目の春、だったかな」

早足で理恵に追いついたみどりは、息を切らし尋ねる。

「あんなに気に入っていたのに、どうして？」

改札を抜けると、理恵は立ち止まる。みどりを見つめて答える。

「東京では車はムダな贅沢《ぜいたく》品だからよ。都内は渋滞がひどくて、車で移動するとかえって時間がかかるし、地下鉄も発達してるし、タクシーを使った方が早いし安いし。車がない方が身軽なのよ」

理恵の肩越しに駅前通りが見えた。渋滞の列がのろのろと走っている。

「駐車場代も滅茶苦茶《めちゃくちゃ》高いの。帝華大近くの駐車場、一月いくらだと思う？」

みどりが首を振るのを見て、理恵は腹立たしげに答える。「なんと五万円よ」

「本当？　それなら桜宮だと下宿に住めるわね」

「そうなの。だから手放したの」

学生時代から理恵は赤いローバーミニに乗っていた。その車は、理恵にはとてもよく似合っていた。理恵の選択はもっともだが、できればひとこと相談して欲しかった、と思う。

——メゾン・ド・マドンナに置くことだってできたのに。

そう呟《つぶや》いてから、みどりは首を振る。そんなことを言ったら、理恵がどう答えるか、想像できたからだ。

運転免許もないのに、ミニだけ置いてどうするの？

そんな風に言われてしまったら、もうみどりには返す言葉はない。結局、ミニに感じていた自分の愛着は、いくら説明しても理恵には理解してもらえないだろう。いつもの理恵との距離感を再認識させられるだけだ。

みどりは次の瞬間、その小さな悲しみをきれいさっぱり忘れ去る。

こうやって、みどりはたくさんのことを諦《あきら》めて生きてきたのだ。

マンションに戻る前に、通り道のスーパーで買い物をした。

「久しぶりだから、理恵ちゃんの大好物を作るわよ」

「なんだろう。ひょっとして年越し蕎麦《そば》？」

みどりは驚いて振り返る。

「理恵ちゃん、年越し蕎麦、食べたいの？」

理恵は首を振る。

「知ってるでしょ、私がお蕎麦を嫌いなこと」

「もちろんよ。だからお蕎麦にしようだなんて考えもしなかったの。あたし独りなら、そうしたんだけど」

「ごめんね、ママ。わがまま娘で」

「もう慣れました」

理恵は朗らかに尋ねる。

「じゃあ今晩のご飯って何？」

「ふふ、秘密」

買い物かごに品物を入れながら、みどりはそれとなく尋ねる。

「お米はある？」

理恵は一瞬考え込み、答える。「切れてるかも」

みどりは一キロの米袋をかごに入れ、その上に卵を載せる。ケチャップを手にし、彩《いろど》り鮮やかな果物の棚に視線を向ける。

赤い苺《いちご》パックを白い卵パックの隣に置く。そこに理恵が練乳のチューブを添えた。

ささやかな買い物に満足したふたりは、レジに向かった。


炊《た》き立てのご飯は水気が強すぎて、理恵の好みでないことはわかっていたが、冷や飯がないのだからしかたがない。二合用の炊飯器で米を炊くと、湯気が蒸気口から勢いよく噴き上がる。やがてデジタルの数字が15を示す。十五分蒸らせば炊飯は完了だ。

小《こ》鍋《なべ》に水が湛《たた》えられ、コンソメとハムが沸騰し始めた中、ゆらゆらと揺れる。鶏肉《とりにく》のささみを細かく賽《さい》の目に刻む。卵をふたつ割り、椀《わん》の中でとき卵にする。

スープの味を調え小鍋を外し、フライパンを載せた。サラダオイルを引く。自宅で使うガスレンジの二倍の時間が経過した頃、ようやく湯気が立ち上り始める。

賽の目のささみを投げ入れる。肉が焼ける音と共に、桃色の鶏肉が白茶けていく。フライ返しでかき混ぜるものの、色は変わらない。電気コンロの熱量が弱いのだ。

理恵は六畳間の炬燵《こたつ》で背を丸め雑誌を眺めている。

「電気コンロじゃダメよ。ガスレンジ付きのマンションに引っ越せば？」

理恵は振り返らず、投げ遣《や》りに答える。

「そうねえ。でも、ひとりだと滅多に料理なんて作らないし」

確かにこの台所からは、生活の息吹《いぶき》は感じられない。

汽笛が鳴り響く。炊飯器のカウントダウンの数字はゼロ。蓋《ふた》を開け、湯気が立ち上る白米をしゃもじでかき混ぜ、どんぶりに盛る。その米をフライパンに入れたとたん油が爆《は》ぜた。しばらくすると、香ばしい香りが立ち上る。

トマトケチャップを振りかけ、強火で混ぜると、まずチキンライスが完成する。どんぶりに戻し、フライパンに油を引き直し、再び熱したフライパンにとき卵を流し込む。卵の薄い皮膜にチキンライスを載せひっくりかえし、卵の衣を纏《まと》わせる。

完成したオムライスを白い皿に載せ、ケチャップを添える。

「理恵ちゃん、テーブルの上を片づけて」

はーい、という気の抜けた返事が聞こえた。

テーブルにはオムライスとチキンライスが並び、コンソメスープが添えられる。

オムライスは理恵の大好物だが、みどりは好まない。だからみどりは卵の衣なしのチキンライスを食べる。頬張りながら理恵が言う。

「やっぱ、ママのオムライスは最高だなあ」

「オムライスはもうないけど、チキンライスは少し残ってるからね」

　このケチャップは甘味が強いから、もう少し塩を利《き》かせるべきだったなと反省する。

「あのね、理恵ちゃん、この間生理が終わったんだけど以前と違ってとても晴れ晴れした気持ちになったの。これってどこかおかしい？」

　オムライスの皿に両手を合わせ、「ごちそうさま」と言って、理恵は答える。

「今回の生理はいつもとは違うの。久しぶりに子宮を使うから、大掃除のための生理なわけ。だから晴れ晴れとした気分になるのかもしれないわね」

　苺をつまみながらテレビドラマを見ていると、妊娠したヒロインが中絶するかどうか、迷って悩む場面になった。みどりは尋ねる。

「あの病院では中絶はしないの？」

　理恵は一瞬、表情に翳《かげ》りを見せた。そしてうなずく。みどりは続ける。

「そりゃそうよね。よくないことだもんね」

　理恵が顔を上げ、まっすぐにみどりを見た。低い声で言う。

「あそこで中絶しない理由はそんなんじゃないの。世の中には、遊び半分で子どもを作り、軽い気持ちで堕《お》ろす人もいるけど、事情があってそうしたことを選ぶ人もいる。でも、そういう選択をした人が、これから産むという人たちと同じ空間で同じ空気を吸うことは残酷なことだから、そういう病院は産院とは別施設にしてあるの。精神衛生上よくないから」

「そういうものなの？」

みどりのおっとりした口調に、理恵は苛立《いらだ》ちを隠しきれずに言う。

「そういうものよ。誰もが望んで子どもを堕ろすわけ、ないじゃない」

理恵はテレビのスイッチを切った。小さな部屋を冷気と静寂が包み込んだ。


深夜。隣で眠る理恵の寝息で目を覚ます。上半身を起こし、理恵の寝顔を見つめる。

明日、あたしはこの娘の子どもを宿す。

みどりの呟きも知らずに、理恵は寝息を立てている。思えば理恵はみどりの深夜の想《おも》いなど、知らずに生きてきた。これまでも、そしておそらく、これから先もずっと。

あたしが理恵ちゃんのことを思っていることは、本当にこの世に存在したの？　その想いが存在したことは、あたしが消えると同時に消えてしまうのではないかしら。

ふたりの間に横たわる闇《やみ》に、夜の静寂がしんしんと降りつのる。

新年。若水を汲《く》み、一口飲む。鍋に水を満たし電気コンロで雑煮を作る。昨晩のコンソメを出汁《だし》にして醬油を加えて煮立たせ、四角い切り餅《もち》をそのまま放り込む。

これは夫の実家の流儀で、みどりの実家では餅は焼いて入れる。みどりは、実家のやり方の方が餅が煮崩れしないので好みだったが、おとなしい夫がただひとつ、強く主張したわがままなので、夫が亡《な》くなった今も、雑煮の流儀はそのままだ。

だから理恵は、夫の実家の雑煮の作り方しか知らない。

雑煮ができた頃、ねぼけ顔の理恵が起きてきた。「おはよ、ママ」

「おはよう、じゃなくて、あけましておめでとう、でしょ。ねぼすけさんにはお年玉をあげないわよ」

理恵は笑顔になって、両手を差し出した。

「あけましておめでとうございます。お年玉、ありがとうございます」

理恵のてのひらを軽くはたいて、みどりは言う。

「さ、お顔を洗ってきなさい。ちょうどお雑煮ができたから」

雑煮を食べ終えたふたりは、外出の支度を始める。みどりは身支度を終えるのにしばらく時間がかかってしまった。いつもならそんなみどりを苛立ちながら待つ理恵だが、今朝は穏やかな表情のままだった。

扉を開けると、薄暗い玄関は新年の光で清められたように明るくなる。

空は高く、ひんやりした大気がすがすがしい。

「クリニックまで地下鉄二駅だけど、路線が曲っているから、直線距離にすると案外近くて徒歩二十分だけど、どうする？　歩いてみる？」

理恵が尋ねると、みどりはうなずいた。

「こんないい天気ですもの、お散歩がてら、歩きましょう」

「そう言うと思った。それなら、こっち」

左へ行きかけた理恵は、方向を変えて右に向かって歩き出す。

みどりの目には、隣の家の門松《かどまつ》の強い緑色が鮮やかに映った。

「今日はどういう予定なの？」

肩を並べて歩きながら尋ねると、理恵は答える。

「受精卵を観察してから、ママの胎内に入れるのよ」

「内診するの？」

みどりが顔を赤らめて尋ねる。理恵は笑って答える。

「もちろんよ。そこに受精卵を入れるんだからね」

娘に内診されるのか、と憂鬱《ゆううつ》になる。理恵はみどりの気持ちに気づかない。

「受精卵を一日培養して、二日目に子宮に入れるの」

「どうしてわざわざそんなことをするの？」

「受精卵を調べて、細胞分裂が起こったことを確認してから母体に入れるの」

「ということは、もう顕微鏡で受精させるところは終わってるってこと？」

理恵がうなずくと、みどりは続けた。

「ちょっと残念。顕微授精って、一度見てみたかったな」

理恵は不思議そうな表情で、みどりを覗《のぞ》き込む。

「そんなもの、見たいの？」

みどりは顔を上げる。

「見られるものなら、見てみたいわ。だって当たり前でしょう。これからあたしが育てる赤ちゃんの最初の姿なんだもの」

「ふうん、そういうものなのかなあ……」

理恵は小さく呟《つぶや》く。

「そんなに見たければ、見せてあげてもいいわよ」

みどりは驚いた声で思わず尋ねる。

「本当？　だけどもう済んでしまったことをどうやって見せてくれるの？」

「体外受精は全部ビデオに取ってあるのよ」

「そうなの？　それなら絶対に見たいわ。でもそんなことをしても大丈夫なの？」

理恵は青空を見上げた。そして答える。

「もちろんよ、ママ。隠す理由なんてないもの」

マリアクリニックは、遠目でもわかる。建物と庭が植物で覆《おお》われ、それが並木道に連なっている様は、オアシスから緑の支流が溢《あふ》れ出て並木道になっているようにも見える。

庭の赤いポインセチアが目に入った。滴《したた》り落ちた血のようだ、とふと思う。

理恵とみどりは並んでマリアクリニックに足を踏み入れた。

ざらついた木綿地の手術衣に着替え、エア・ジェットで埃《ほこり》を払い、理恵とみどりは宇宙船内部に潜入した。内部は真っ暗だが、ところどころ暗闇の中に息を潜める小動物の赤目が光る。それは機械のランプだった。

　理恵が白色ライトをつけていくと入れ替わるように、闇の中で目を光らせていた赤目の獣たちは眠りにつき始める。

「インキュベーターで、受精卵を培養してたの」

　画面の中で、白く丸いものが、ゆらゆら揺れた。

　――これが理恵ちゃんと伸一郎さんのたまご……。

　みどりが理恵の顔を見つめる中、理恵は淡々と手技をこなしていく。

　手技が一段落すると理恵は立ち上がる。棚からビデオを取りだし、デッキに入れた。白黒吹雪の画面が、オレンジ色の世界に変わる。夕陽のような色は、培養液の色だと理恵は説明する。

「この棒はホールディング・ピペットといって卵子を支えるの。インジェクションする時、ペトリ皿の上で水滴の中から卵子をすくい上げるわけ」

　理恵はそう言って、画面のある一点を指し示す。

「インジェクション・ピペットが透明体を破り中に入ったわ。ここからが難しいの」

　専門用語の羅列で理解できなかったが、みどりはうなずき続けた。

説明が終わり、ふたたび受精卵が映しだされる。画面の中に、透明なタマゴが三つ浮かび上がる。

これは画像の中のヴァーチャルなものではない。今、ここにある現実の受精卵と同じものであるわけだから、うまくいけば十ヶ月かけて、みどりの胎内で赤ん坊になっていく、その種なのだ。

理恵は画面を指しながら説明を続ける。

「ほら、核が二個になってるでしょ。これで無事、受精を確認できたわけ。この子たちは生命の第一歩を刻んだの」

「ふうん、そうなの。ところで、どうしていっぺんに三つも受精させるの？」

「体外受精のとき、必ずしも全部が着床《ちゃくしょう》するとは限らないから。三つ戻せばひとつくらい着床しそうじゃない？」

「もし、三つとも着床しちゃったらどうなるの？」

「その時は三つ子が産まれるだけよ。でも着床率が良好な若い人でもせいぜい三十パーセントくらいのものなのよ」

理恵の答えは明快だった。理恵はタマゴの入ったシャーレを壁の棚に入れる。

「この棚は、隣の手術室とつながっていて、隣から取り出せるようになってるの。ここは無菌室だけど、手術室は単なる清潔エリアなだけで無菌室じゃないから、出入りが大変。だからこういう仕組みに改築したわけ」

「こんな大変なこと、ひとりでやっていたの？」

理恵は一瞬、遠い目をした。

「ふだんはひとりではやらないわ。以前は上司が手伝ってくれた。体外受精の黄金コンビ、なんて呼ばれたりしたけど、その先生はもうここのお手伝いにはこない」

言葉の中に、みどりは自分に向けられる冷たさと同種の匂《にお》いを感じ取る。

「さ、タマゴの準備は済んだわ。それじゃあママ、お願いします」

理恵の言葉が何をお願いしているのか、一瞬わからなくなった。だがそれが開始を促す言葉だと理解したみどりは、思わず身震いをした。

手術台に上るのは理恵を出産したとき以来だから、三十年ぶりだ。だが、下腹部に微《かす》かな違和感を感じた直後、医師である娘はあっさり言った。

「おつかれさま。これで終わりよ」

「え？　これだけ？」

理恵は手術台の拘束を外しながら答える。

「胚《はい》移植は液体を子宮に入れるだけだから、大したことないの。不妊症の時は、卵子採取があるから、それがすごく痛かったりして大変なんだけど。代理母の手技は、どちらかというとラクなのよ」

手術台から降りたみどりはため息をついた。普段着に着替えると、診察室に戻された。理恵は椅子《いす》に座り、カルテに横文字を書き付けている。覗き込んだが、見慣れない文字列ばかりだった。

その時、みどりは以前浮かんだ疑問を再び尋ねてみる。

「あのね、理恵ちゃん、これだと精子と卵子を取り違えたりしない？」

さらさらと文字を書き連ねていたペン先が止まる。理恵はゆっくり顔を上げた。

「どうしてそんなことを聞くの？」

みどりは理恵の口調の冷ややかさに驚いてうつむきながら、答える。

「ふつうの妊娠だと、誰がお父さんか実感あるでしょ。だけど今みたいのは、卵子も精子も誰のかわからないし。あたしのお腹《なか》の中にいるのが理恵ちゃんと伸一郎さんのタマゴなのか、本当はよくわからないな、なんて考えちゃって」

理恵はゆっくりと笑顔になる。

「バカねえ、ママ。どうして私がママに他人の受精卵なんか入れるのよ」

「そりゃそうだけど……」

理恵は人差し指を頬に当て、考え込み、やがて言う。

「ママに一般人の感覚を聞きたいんだけど、不妊カップルの中には、受精卵の状態が悪くて赤ちゃんができない人たちもいる。そういう人たちは、それでも赤ちゃんって欲しいのかしら？」

「欲しいわよ。自分の子どもがいなければ、養子をもらう夫婦もいるくらいだし」

「ママだったら、他の夫婦の受精卵で子どもを産んだらイヤな気持ちになる？」

みどりはゆっくり首を振る。

「そうとわかったら、いい気持ちはしないわね。でも実際に産んでみないとわからないわ。そうだとしたら、あたしがこれから産むこの子は可愛《かわい》くないことになるでしょ？　あたしにはまだ、理恵ちゃんの子どもを産むという実感はないけど、赤の他人のタマゴだって自分のお腹を痛めた子なら、愛《いと》おしいんじゃないかしら」

「そうかなあ」

理恵の疑問符に、みどりはぽつんと呟く。

「そりゃ、自分の子が叶《かな》わないから養子を取る夫婦もいる。それなら自分のお腹を痛めて産むのが他人のタマゴだっていいんじゃないかしら」

みどりの言葉に、理恵は黙り込んでしまった。

カルテを書き付けながら、理恵がみどりを見ずに言う。

「ママ、これから私が月に一度は帰省してママの診察をするね」

「そんな必要ないわよ。あたしが通院するわ。どうせヒマだし」

理恵は一瞬、とまどった表情になる。

「でも大変でしょう？」

「そんなことないわ。忙しい理恵ちゃんが月一度桜宮に戻ってくる方がずっと大変。そんなことができたなら、そっちの方がよっぽど奇蹟《きせき》よ」

東京に出て八年、ほとんど帰省しなかった理恵には、みどりの言葉に反論できない。

「理恵ちゃんは忙しくて、あたしはヒマ。ならあたしが通う方が理に適《かな》っているわ」

理恵はゆっくり笑顔になる。

「ごめんね、ママ、余計な手間ばかりかけさせて」

みどりは首を振る。そして思う。

――どうしてこの娘は、肝心のところでいつも他人行儀になるのかしら。

理恵は、言いにくそうに続けた。

「申し訳ないけど、ウチに通院する時は、素性を知られないようにして欲しいの」

胸中に、高校の学園祭でのよそよそしい理恵の振る舞いがよぎった。かすれ声で尋ねる。

「どうして？」

理恵の答えは、みどりの想像とは違っていた。理恵は冷ややかに答えた。

「代理母は日本ではまだ正式に認められていないから」

理恵の言葉を聞いて、みどりの頭の中は真っ白になった。

新幹線の座席に沈み込む。駅まで送ってくれた理恵が、グリーン車の指定席を取ってくれていた。生まれて初めてグリーン車を使い、快適さに驚いた。こんな贅沢《ぜいたく》、考えたこともなかった。文房具の卸問屋の社長の娘だったみどりだが、地方の中小零細企業の社長の家族なんて、グリーン車の贅沢とは無縁だった。

歳時記を開くが集中できない。気がつくと、理恵との会話を思い出している。

「代理母が日本では認められていないと聞かされて、みどりは厳しく理恵をなじる。

「なぜ、そんな大切なことを最初に教えてくれなかったの？」

理恵は冷静に答える。

「説明したら、ママはどうした？」

みどりは考え込む。すぐに考えを止める。

「今さら仮定の話をしても仕方ないでしょう」

「ママなら、たとえそうでも私の願いを叶えてくれようとしたはずよ。それなら、そんなネガティブな部分を知らずに済んだ方が気楽じゃない？」

違う、という声が聞こえる。その上に理恵の声がかぶさってくる。

「ママのことだから、胚移植までの毎日、どうしよう、どうしようって悩んだと思う。だけど結局ママは私のお願いを叶えてくれる。それなら悩むのはムダでしょ？」

「でも、これは法律違反でしょう。問題が違うわ」

「ううん、法律違反じゃなくて、法律がまだないだけなの。法律がないから、私がそこに足を踏み入れただけ」

「でも、規則はあるんでしょう？」

「じゃあどうすればよかったの？　赤ちゃんのできない身体《からだ》でも、最新の医学を使えば赤ちゃんを産める。それに外国では認められている。それなのに日本では議論ばかりが繰り返され、何となく立入禁止にされてしまった。そりゃ、学会のお年寄りたちは、自分の問題じゃないから好き勝手なことが言えるわ。でもその人たちは本当にこの問題を一生懸命考えてるのかしら？　そうは思えないのに、どうして、そんな人たちに従わなくてはならないの？」

みどりは答えられない。しばらくして、細い抜け道を見つけてすがりつく。

「でも、理恵ちゃんのタマゴは冷凍保存されてるんでしょう？　それならルールが決められてからやれば……」

理恵は首を振り、みどりの言葉をさえぎった。

「それは無理なの」

「どうして？」

「マリアクリニックはもうすぐ閉院するから。茉莉亜先生はご病気で、あと半年も持たない。タマゴの冷凍保存や管理にもお金がかかる。液体窒素の補給や、チェックも必要。だからここが閉院したら、私のタマゴも終わり。もう時間は残されてないの」

みどりは黙り込む。次の言葉を耳にした時、みどりは確かに理恵の顔を凝視していたはずなのだが、思い出そうとしても、その時に理恵の唇が動いたことをどうしても思い出せなかった。

理恵は静かに言った。

「黙っていれば、誰にもわからないことよ」

夕暮れ、みどりがメゾン・ド・マドンナに戻って郵便受けを見ると、年賀状が十通ほど入っていた。三通はスーパーや美容院のダイレクトメール風年賀状、二通は理恵の高校時代の友人から、残りの五通は句会の仲間だった。
みどりは部屋に入るとすぐさま机に向かう。若草色の便箋《びんせん》に、文章を黒々としたためていく。

仲一郎さま
お正月は、理恵のマンションで年を越しました。驚いたのは、台所にそこそこご飯を作る道具が揃《そろ》っていたことです。今度帰国されたら、楽しみにしてください。
元旦《がんたん》、つまり今日、理恵の病院で理恵と伸一郎さんの子どもを胎内に宿しました。着床の確認に二、三週間ほどかかりますが、今回がダメならもう一度挑戦するかどうかは、その時にまた考えるそうです。胚移植自体は痛みもなく、負担はありません。その後の理恵はいつもより優しかったです。
次の診察は二月で、子どもが宿ったかどうか、はっきりしてからお手紙します。

それまでは、音信が途絶えてもご心配なさいませんように。
寒さが厳しい日々です。ご研究でお忙しいと存じますが、お身体にはくれぐれも気を付けて下さいませ。

みどり

みどりは手紙の封をし、机上に置いた。そのまま寝室に布団《ふとん》を敷き、中にもぐりこむ。やがて、闇《やみ》に包み込まれた部屋に、みどりの寝息が聞こえ始めた。

五章　東風解凍

初春・立春初候

六時を少しまわった時刻。桜宮駅まで歩く。

冬の朝の街角は暗く、人通りは少ない。見上げた空に重く雲が垂れ込めている。

吐く息は白い。路肩には霜が下りていて、弱々しい白色光を発している。

それにしても、〃空蟬《うつせみ》〃などという言葉が唐突に浮かんでしまったのはなぜだろう。

ひょっとして、朝食を摂《と》らなかったせいだろうか。

駅への一本道を歩きながらみどりはずっと、〃空蟬〃という言葉をもてあそんでいた。真冬なのに夏の季語を考えるなんて、へそまがりの熊田《くまだ》さんみたいだ、とは思うが、一度浮かんでしまった言葉というものは、傷口に似ていて、かさぶたになって乾ききるまではなかなか意識から離れようとしない。

句会の講師、丸山《まるやま》の言葉を思い出す。

――流水行雲、なにごとにもとらわれず、言葉の海に遊ぶことが大切なんです。

さっきから、ひとつの場違いな言葉にこだわり続けている自分を思い、おそらく自分が丸山の言うような境地になれる日は永遠にこないだろう、と思う。

そうこうしているうちに、一昨年《おととし》改装されたばかりの桜宮駅の駅舎にたどりついた。眠そうな顔をした窓口の駅員から東京行きの切符を買う。一万円札を自動券売機で使うのは、みどりにはいまだに抵抗がある。

薄暗いホームには、新幹線が止まっている。のぞみが通過するまでの十五分間、駅に停車している。動き始めれば一時間と少々。東京駅から地下鉄を乗り継ぎ三十分。外来受付の開始時刻、八時四十五分の少し前にクリニックに到着できる。

空蟬という言葉を忘れるため、みどりはあえて冬の季語の頁《ページ》を開き、冬帝《とうてい》という言葉を見つける。冬の神、冬将軍。類語が怒濤《どとう》のようにみどりに流れ込み、季節外れの〝空蟬〟はあっと言う間に押し流されてしまう。だがその冬帝という言葉も、実感からかけ離れた言葉の仲間入りをしてしまいそうだ。最近は寒さがあまり厳しくないので、言葉がそぐわなくなってしまった。地球温暖化、という言葉の力かしら。

地球温暖化が冬帝を駆逐する

字余り。おまけに破調。こうして忘れ去られていく言葉は、博物館に陳列された化石のようだ。とすれば絶滅した言葉と生きている言葉がごっちゃに存在している歳時記は、博物館と動物園が同じ場所にあるみたいな不思議な本なのかもしれない。

気がつくと、新幹線は音もなく加速を始めていた。


みどりは、今日、初めてひとりの患者としてマリアクリニックの外来を受診する。

みどりは緊張していた。今日、妊娠しているかどうかがわかる。

それは運命の審判そのものだった。

受胎していなかったら？　もう一度やり直すのだろうか。それとも、きっぱり諦《あきら》めるのか。そう考えると、みどりと理恵の未来が今日決定される、ということになる。

新幹線は終点の東京駅にすべりこむ。みどりのためらいなどまったく意に介さずにあっさりと、ふだんと何ひとつ変わらない様子で。


地下鉄は通勤ラッシュの最中だ。人波に揉《も》まれながら、全自動洗濯機の中の白いブラウスを思い出す。全自動洗濯機を理恵が家に入れたころ、みどりは脱水が始まるまでぼんやり眺めていたものだ。当時は珍しい行為ではなかったが、今でもその癖が抜けないとなると、さすがに天然記念物ものかもしれない。メトロの揺れに合わせて、みどりの身体《からだ》が意志のない海藻のように、右に左にゆらりゆらりと揺れる。

どうやら今はすすぎの時間らしい。

目の前に立っている若い女性のバッグが、みどりの腹部を圧迫する。みどりはバッグを反対側から身体で受けとめて、自分の向きを変える。

——あたしはいったい、どこへ行こうとしているのだろう。

人混みの中、行き先を見失った幼児のように、たよりない気持ちになる。

笹月駅で下り、地上に出ると、街の輪郭がぼやけ、にじんでいた。

小雨が降っていた。

出口の売店でビニール傘と大きな硬貨を交換したみどりは、ぱりぱりと音を立て、新品の傘を開く。駅舎から一歩足を踏み出すと、雨粒が半透明の天蓋《てんがい》をノックする。

みどりの吐く息が白く凍った。

赤い傘が見えた。冬の雨の朝、遠目にマリアクリニックの看板が見える薄暗い風景の中で、その傘は真っ赤な句読点にも見えた。

傘の下のほの暗い陰に佇《たたず》む女性は、三十代始めか。控えめだが上品な装《よそお》いで、さりげない装飾品のつけ方からはセンスの良さがうかがえる。いいとこの若奥さまなのだろう。みどりが後ろに並ぶと、若奥さまは一瞬、不思議そうな顔をしたが、すぐに品のある無関心の仮面をかぶる。

小雨が半透明なビニール傘をしきりに叩《たた》く。人通りの少ない裏路地を、ときおり車が走り抜けていく音が響く。その音が、冬の明け方にひとり聞くラジオに混じる雑音のように神経に障《さわ》る。

みどりの後ろにハイヒールの靴音高く、黒い傘が並ぶ。二十代後半。かっちりとしたスーツを着込んだ女性は腕時計を見て、雨空を仰ぐ。

携帯電話を取り出すと、電話をかけ始める。

「一時間ほど遅れます。ええ、もちろん。ファックスは机の上で。リスボンは真夜中ですから、夕方掛ければ。はい、その件については戻り次第、片づけますから」

携帯電話を切ると、黒い傘の女性は、もう一度時計を見た。その様子を横目で眺めていたみどりは、思い切って声を掛ける。

「あの、失礼ですけど……」

は？　という言葉と共に、黒い傘の女性は警戒色を浮かべる。

「お急ぎでしたら、順番をお譲りしましょうか？」

穏やかなみどりの口調に黒い傘の女性は、喜色を混ぜながらも遠慮する。

「でも、せっかく並んでらっしゃるのに」

「あたしは時間がたっぷりあるので。おいやでしたら無理にとは申しませんけど」

黒い傘、スーツ姿の女性はしばらくみどりを見つめていたが、やがて微笑する。

「ではお言葉に甘えます。大変助かります」

その時、マリアクリニックの扉が開き、初老の白衣姿の女性が姿を現した。

「お待たせしました。受付を始めます。中におはいりください」

みどりは白衣姿の女性をさりげなく観察する。この方が、鼻が利《き》く妙高《みょうこう》さんか。

妙高は、みどりの視線に気がつくと、一瞬、怪訝《けげん》そうな表情になる。みどりはあわてて視線を逸《そ》らした。


傘立てに傘を差し、靴をぬいでスリッパに履き替え、ソファに座る。しばらくすると、窓口から窮屈そうに顔を覗《のぞ》かせた妙高助産師が、受付箱を窓口に置く。先頭に並んでいた赤い傘の女性が受診カードを入れると、次にみどりの後ろに並んでいた黒い傘の女性が、みどりに会釈《えしゃく》しながらカードを入れる。

みどりがソファから立ち上がった時、背中でがらんがらんと乱暴な鈴音が聞こえた。振り返ると、黄色い傘が玄関に飛び込んできた。

「うひゃあ、参った参った」

傘を閉じ、外に向けてびゅっと振って水を切る。みどりは目を瞠《みは》る。モノトーンの景色の中、南国の蝶々《ちょうちょう》が舞い降りたみたいだった。

黄色の傘を傘立てに放り込んだピンクのジャージ姿の少女は、オレンジのショートヘアを掻《か》きながら、待合室にずかずか上がり込む。スリッパをつっかけ、受付に歩み寄ろうとしてみどりにぶつかる。みどりはよろけ、すとんとソファに腰を下ろす。

少女は受診カードを受付箱に放り込むと、ソファのみどりを振り返る。オレンジ色の髪をかきむしりながら、言う。

「おばちゃん、そんなとこにぼうっと突っ立ってないでよ。邪魔だよ」

「ちょっと、あなた。それはないでしょう」

スーツ姿の女性がオレンジ頭の少女をにらみ付ける。みどりはスーツの女性の腕にそっと触れて、小声で言う。

「あたしはだいじょうぶ。ちょっとよろめいただけだから」

少女は、ふん、という顔をして一番後ろの座席に座ると、携帯電話をいじり始める。

携帯ゲームでもやっているのだろう、ち、とか、ああ、とか声を上げている。気を取り直したみどりが再び立ち上がろうとすると、少女の後から入ってきた青い傘の中年女性がみどりの前を通り抜け、受診カードを箱に入れた。

みどりはため息をつく。

せっかく早く来て並んだのに、これでは何の意味もなかったわね。

でもおそらく、待合室の妊婦の中では自分がいちばんヒマだから、この順番は天が決めたのだろう。ちりん、と鈴が遠くで鳴った。

裏口の扉が開いた音。理恵が診察室に入ってくるのを待った。

受付の小窓から妙高助産師が顔を出し、赤い傘の妊婦の名を呼ぶ。

「甘利《あまり》さん、診察室へどうぞ」

カールした長い髪を揺らし、若奥様は診察室に姿を消した。

携帯の音に振り返ると、オレンジ髪、ピンクジャージの少女が大声で話し始めた。

「だから、タケシが見つかんないわけ。ちょっとひどくない？ ヤルだけヤッてバックレるなんてさあ。今度見つけたら、ぎたぎたにしてやるんだ。え？ 冗談やめてよ。遊びよ、あ・そ・び。コージ？ あんなのは問題外」

少女は携帯を乱暴に切った。ストラップをつまんで、携帯を顔の前にぶらさげる。

「さゆりのバーカ」

ひとこと吐き捨てると、バッグから空き缶を取り出し、くわえ煙草《たばこ》に火を点《つ》ける。目を細め、煙草をふかすオレンジ髪の少女とみどりの目が合った。

少女は顎《あご》を挙げ、三白眼でにらみつける。

「何、じろじろみてんのよ」

みどりはうつむく。煙草の煙をぷかりと吐き出すピンクジャージ姿を横目で見ながら、あわてて手元の歳時記の頁をめくる。

動揺しているはずなのに、なぜかみどりはあっという間にジャージが季語でないことを発見した。変なの。ジャケツやジャンパーは季語なのに。さらに「煙草」は季語でなく、「煙草の花」は秋の季語だということも確認する。

紫煙が漂ってきた。隣の黒いスーツ姿の女性が小さく咳《せ》き込むと、少女を横目でにらむ。オレンジ髪の少女は知らん顔をして、煙草をふかし続けている。

二人目、みどりが順番を譲ったスーツ姿の女性が診察室を出ると、オレンジ髪の少女は煙草を空き缶にねじ込み、名前を呼ばれる前に診察室に入っていった。

座席には、かすかに立ち上る煙が残された。

――理恵ちゃん、あんなヤンキー娘に対応できるのかしら。

ふと、正月に特別受診した時の理恵の姿を思い出す。あの時の迫力であれば、ライオン少女も、子猫のようにおとなしく調教されるだろう。


扉が開いた。すごすごと舞い戻ったオレンジ髪の少女は、手にした空き缶を持ち上げる。一口飲もうと缶を傾けた瞬間、「げっ」と悲鳴を上げる。

立ち上がると洗面所に姿を消した。しばらくしてソファに戻ってきた少女は、顔をしかめながら小さく呟《つぶや》く。「タバコってマジにマジい」

受付から声が掛かる。

「青井《あおい》ユミさん、精算です」

ポーチから札を出して支払うと、隣をすりぬけながら、みどりの肩をぽん、と叩く。

「さっきは悪かったね、おばちゃん」

がらんがらんと扉の鈴を鳴らし、少女は黄色い傘を開きながら出ていった。

みどりは少女の名前を口の中で反芻《はんすう》した。

ユミと入れ替わりにロングスカート姿の中年女性が診察室に入ると、みどりは待合室に、ひとりおきざりにされる。

部屋を見回す。入口の扉、診察室の扉、お手洗いの扉と、三枚の扉は木目調で統一されている。壁には、姿見がはめ込まれている。入口の窓は曇り硝子《がらす》で、天気がよければ部屋を明るくするのだろうが、雨の日には、窓枠を額縁に見立てたモノトーンの現代画に見えた。窓の暗さが、内装に圧迫感を与える。

受付の小窓には受付箱が置かれている。スチール製の箱は、有名店のおかきの容器だ。壁には受診上の注意や区役所からのお知らせ、町内の編み物サークルの宣伝ポスターが几帳面《きちょうめん》に貼《は》られていた。上方に丸い時計がある。

ひとりで座って順番を待っていると雨音が部屋いっぱいに満ちてきて、深い海の底で溺《おぼ》れているような気持ちになる。

十五分ほど経《た》ち、青い傘のロングスカートの中年女性が診察室から出てきた。女性を送り出しながら、妙高助産師が、みどりの姿を視認する。

みどりは緊張する。

——素性は隠してね。外来助産師の妙高さんはハナがいいから要注意よ。

後ろめたいことなど何もないのに、理恵に念押しされると、密輸入の手伝いをさせられるヤクザの情婦になったような気持ちになる。

「山咲みどりさん」

名前を呼ばれ、みどりは立ち上がる。

内診台に横たわり、離れた診察机で理恵と妙高が小声でやり取りしているのに耳をそばだてる。

——この患者さん、カルテの不備が多すぎます。住所も保険証も確認してないですし。初診はいつですか？

——去年の年末。妙高さんがお休みを取った日よ。飛び込み患者でいきなり診てほしいと申し込まれたの。

——でも、五十五歳ですよ、この方。

——女性の身体《からだ》って不思議。こんなことも起こるのね。

カーテンの向こう側で、理恵がうっすら笑っている様が目に浮かぶ。

——カルテの記載もないし、会計処理もされてません。どうしちゃったんですか、曾根崎先生。

理恵が一方的に攻め込まれている。なるほど、要注意人物だけのことはある。

咳払《せきばら》いと共に、理恵の声が改まる。

——やっぱり妙高さんには隠し事はできないわね。実はこの患者さんは、茉莉亜先生の特別患者なの。この患者さんに関しては支払いや診察方法を含め、茉莉亜先生から一任されてる。だからその辺は気にしなくていいの。

——そうですか。では今度、院長先生に確認しておきます。

理恵の声が荒くなる。

——それはやめて。茉莉亜先生はお加減が悪いから、妙高さんがそんなこと聞いたら、知り合いのことで私に負担をかけていると思われる。そうなったら、自分が診察するなんて言い出しかねないわ。

内診台の上で解剖前の蛙《かえる》みたいに固定されたみどりは、自分の無様な格好も忘れ、ふたりのやり取りに息を呑《の》む。

沈黙が流れる。静寂の中、診察室に雨音が忍び込んでくる。

やがて、一粒落ちた雨粒の波紋のようなひとことで、その静寂は破られた。

——わかりました。おっしゃる通りです。

沈んだ口調の妙高助産師の声。理恵の足音と声が近づいてくる。

——今日はエコーで妊娠確認だけだから、診察は一人で大丈夫。妙高さんは会計処理をしてください。

——はいはい、仰《おお》せのままに。本当に人使いの荒い先生ですこと。

——何ですって？

——いいえ、人使いのお上手な先生でした。

音を立ててカーテンが引かれる。冷静な目で理恵がみどりの顔をのぞきこんだ。

冷たい液体が塗られた物体が体内に挿入される。みどりは耐える。やがて物体が引き抜かれると、理恵は小声で言った。

「おめでとう、ママ。ご懐妊よ。驚かないでね。何と双子《ふたご》よ」

「え？　本当？」

理恵はうなずくと、声を大きくして繰り返す。

「山咲さんは、双子を妊娠されています。おめでとうございます」

そこへ膿盆《のうぼん》を持った妙高助産師が戻ってきた。みどりは取り繕った口調で答える。

「一度で二人産めるなんてありがたいです。何しろ、こんな年ですからね」

妙高助産師はちらりとみどりを見ると、黙って検査に使った道具を片づけ始めた。

支払いを済ませクリニックを出ると、雨足が強くなった。半透明のビニール傘を開き、腕時計を見る。足を踏み出すと、大粒の雨が傘を力強く連打する。振り返ると、雨に煙るクリニックの庭に、白や薄黄色の水仙がうつむき加減で揺れている。

みどりは水仙で一句詠《よ》もうとして、やめた。身もこころも、疲れ切っていた。

——帰る前に何か食べよう。何か、温かいものを。

メトロの駅前に古びた定食屋があったことを思い出す。

——きのこ雑炊にしようかしら。

食欲はなかったが、無理をすれば食べられないこともなさそうだった。

昼下がりの地下鉄は、思ったより混雑していた。だが幸運にも、乗車と同時に目の前の席が空いた。タッチの差で座りそこねた中年男性が舌打ちした。

傘を伝った雨粒が床に小さな湖を作る。ハンドバッグを両手で抱き締め、身体を丸める。傘先の湖は、列車が揺れると同時に流れ出し、いつしか考え事の海に流れ着く。

三十年以上前なので、かつて自分が妊娠した時の感覚や記憶は忘れてしまっている。ただ、受胎が確定した今は、初めて妊娠した時よりもはるかに気を遣っている。

――お腹《なか》の子どもが授かり物じゃなくて、預かり物だから。

ふと浮かんだ言葉を気に入ったみどりは、口の中で繰り返す。

預かり物。

まさしく理恵から預かった大切な宝物だ。

列車が減速し、吊革《つりかわ》がきしむ。乗客の波が大きく揺れ、みどりの前に立った中年男性の傘が膝《ひざ》にぶつかる。ハンドバッグを抱き締め、身を縮める。

みどりが上目遣いににらみつけると、男性は謝らずに顔をそむけた。

気がつくと、みどりの思考を沈めた小さな海はどこかに流れ去り、ただの平板な水たまりになってしまっていた。

雨を蹴散《けち》らして疾駆する新幹線の車中で、目をつむり考える。

お腹の子どもについて。その両親について。

自分以外の母親がいることは理屈ではわかっても納得できない。理恵ちゃんの子ども、あたしの孫。なのに、いや、だからこそ、なのか、みどりには違和感が残る。

どうしてあたしの胎内に、孫が宿るのだろう。

理恵の時にも、お腹の子に語りかけた。正確に言えば、理恵に、ではない。

かつてみどりはお腹の子に名をつけていた。それは〝しのぶ〟という名前だった。

しのぶれどいろにいでにけりわがこひは　ものやおもふとひとのとふまで

小倉《おぐら》百人一首の中でその歌が、みどりの一番のお気に入りだった。

しのぶという名前にはもうひとつ、都合のいいことがあった。男の子、女の子どちらにも通用する名前だったのだ。

生まれた時、夫が、子どもの名前をどうするかと尋ねたら、〝しのぶ〟はいかが、と言うつもりだった。だが優柔不断な夫が珍しく、「女の子なら理恵という名がいいな」と言ったので、みどりは素直にうなずいたのだった。

今、自分の胎内に宿ったふたつの生命《いのち》を思いながら、自分の内に眠っていた、古い記憶を呼び覚ます。自分でこの子たちに名前をつけてもいいものなのだろうか。自分の子どもではないのに、そうした行為は果たして許されるものなのだろうか。

自分の中に突然生じた母性の二重性に、みどりは戸惑う。そして考える。

たぶん、決着はつかない。みどりは結論を出すのを諦《あきら》め、今度は父親という存在について考え始める。

理恵を身籠《みご》もった頃は、よく夫の貴久のことを考えていた。お腹の子どもはふたりの子どもだった。でも、今のお腹の子の父親は、伸一郎だ。伸一郎が考えた名前に、自分は賛同できるだろうか。

大丈夫そうだ、と感じてうなずく。とすれば子どもの名前を自分が思い悩む必要はない。そう思うと、気が楽になった。ただし、みどりはしのぶと呼ぼうと決めていた。双子はふたりとものぶちゃん。

お腹に子どもがふたりいるという実感はまだない。だからみどりが胎内に宿している生命に対する象徴的な名として〝しのぶ〟を使えばいい。

そしてふと思う。

お腹の子に名前をつけるのは夫だが、今、自分は誰を夫として思えばいいのか。脳裏に娘婿《むすめむこ》の顔が浮かび、みどりは伸一郎の思い出を回想し始める。

◐

かつて、ほんの短い間だったが、娘夫婦と同居したことがある。

理恵が学生結婚をした直後、最終学年の六年生の夏だった。帝華大学で大学院生として研究に励んでいた伸一郎が夏休みに帰省した時、みどりのマンションで二週間ほど一緒に過ごしたことがあったのだ。みどりはその時の一場面を思い出す。

あれは真夏の晴れた昼下がりの午後のことだった。

理恵と伸一郎が居間のテーブルに座り、みどりはひとりで、昼食の支度をしていた。

伸一郎が厨房《ちゅうぼう》のみどりに声をかけた。

「お義母《かあ》さんの手料理って、本当においしいですね」

みどりは微笑して答える。

「ま、ありがとう。伸一郎さんは理恵とは大違いだわ。理恵は何を作っても、どこが足りない、あそこをもうひとおしすればよかった、と文句ばっかりなんですもの」

伸一郎は力を込めて言う。

「こんなすばらしい料理に文句をつけられるのは真の天才か、道理がわからない子どものどちらか、ですね」

伸一郎は雑誌を読んでいる理恵に言う。

「原則はまず、批評するには自分を磨け、だ。腕を磨くには自分を映す鏡が必要だけど、君は幸せ者だよ。目の前にこんなにすばらしい鏡があるんだもの」

理恵は伸一郎をにらむ。

「ママばっかり褒めて。私の料理への当てつけみたいなんですけど」

「いや、そうではなくて、料理がおいしいかどうかには、純粋な比較が必要だけど、これがくせ者でね、とかく難しい。評価基準が主観的であやふやだからね。その中で絶対評価をするとなると、判断する主体としては……」

氷水に浸したそうめんの皿を運びながら、みどりは伸一郎の長台詞《ながぜりふ》を中断させる。

「演説はそれでおしまい。そんなことよりさっさとお食事を片づけてちょうだい」

それから理恵を見てため息をつく。

「お嫁に行く前に、理恵ちゃんにお料理を教えておきたかったんだけど、まさか学生の間にお嫁に行くと思わなかったから、伸一郎さんには申し訳なくて」

理恵はみどりを振り返って言う。

「私だって、そうめんくらいなら作れるわよ」

すかさず伸一郎が言う。

「どうだろうね。たとえばここに添えられた緑の紫蘇《しそ》と茗荷《みょうが》刻みは、賭《か》けてもいいけど君の食卓には出てこないね。だが料理の評価は、往々にしてこうしたささやかな心づくしで決まったりする。ひっくるめると、大体同じだから同じだと言いくるめる評価は不当だね」

みどりは満面の笑みを浮かべて理恵に言う。

「本当に伸一郎さんはお料理のことをよくわかっていらっしゃること」

伸一郎は頭を掻《か》いて言う。

「うちは父一人、子一人の男所帯で、食事も当番制で、インスタント・ラーメンが続いたりすると、本気で親子喧嘩《げんか》になるんです。この家ではインスタントにも、紅生姜《べにしょうが》が載せられて出てきたのを見た時は、本当にびっくりしました」

「あら、でも紅生姜はインスタント・ラーメンに付いてるのに」

理恵が小声で呟《つぶや》くと、みどりが理恵に言う。

「理恵ちゃんは大学に入るまで、ラーメンひとつ作らなかったくせに。伸一郎さんの方がよっぽど、料理についてはわかってるわ」

理恵は頬を膨らませて言い返す。

「いくら伸一郎が褒めたからって、私が家事を手伝わないことを、どさくさで責めないで。確かに今の私はお料理はできません。でも、やればできるようになるわ」

「どこからそんな根拠の無い自信が生まれてくるんだろう？」

伸一郎が混ぜ返すと、理恵は答える。

「だって私はママの娘だもの」

そうめんのつゆを透明な碗《わん》に入れ、運んできたみどりは言う。

「そんなのは何の根拠にもならないわ。ママの料理は、パパにおいしいものを食べさせたくて、努力した結果なんだもの」

そう言いながらみどりは、茗荷をどっさり理恵の碗に入れた。

「ひどい。私が茗荷を嫌いなこと、知ってるくせに」

「理恵ちゃんが調子に乗らないためのおまじないだから、我慢しなさい」

仲一郎が言う。

「お義母さん、昔話では、茗荷は大口を封じるおまじないではなく、物忘れをさせる薬として用いられているんですが」

みどりは、仲一郎から理恵への援護射撃にうろたえる。だがすぐに言い返した。

「物忘れさせれば、調子に乗ったこともナシになるかな、と思って」

みどりの言葉に、仲一郎が言う。

「じゃあ僕にも茗荷の山盛りを。犬も食わない母娘《おやこ》喧嘩を見なかったことにします」

みどりと理恵は、顔を見合わせる。理恵は肩をすくめ、みどりは口を押さえてくすくす笑う。

「わかったわ。みんなで山ほど茗荷を食べて、言い争いの原因をきれいさっぱり忘れてしまいましょう」

三人は大笑いした。

みどりは、あの日の光景を眩《まぶ》しく思い出す。

あの昔話はどうやら、単なる言い伝えにすぎなかったようだ。あれほどたくさんの茗荷を食べても、あの日の会話はこうして一言一句違《たが》えずに、みどりの中に保存されているのだから。


あの伸一郎さんが、あたしのお腹の子の父親ですって?

みどりの記憶の中の伸一郎には、娘婿という肩書きしかない。だがその名前が、今のみどりの心象風景の中で、滲《にじ》んで揺れて、静かに溶けていく。

新幹線はゆっくりと減速していった。


駅舎に降り立つ。みどりの他には下車した客はいない。

雨は止《や》んでいた。みどりはビニール傘を持て余す。

見渡すと、荒天で深緑色に沈んだ海原と、黒雲が垂れ込めた空のはざまに、清澄《せいちょう》な青空が上澄みのように広がっていた。

見慣れた街角をたどりながら、都会用に装着したこころの鎧《よろい》を脱ぎ捨てる。みどりの目には、枯れ草を敷き詰めた空き地の五線譜に、早咲きの黄色い蒲公英《たんぽぽ》が音符のように、無声の旋律を奏《かな》でているのが映る。

家に着くと、郵便受けに一葉の葉書があった。

見慣れない外国切手と四角い消印。みどりの住所が横書きのアルファベットで書かれ、最後にJAPANと赤字が書きなぐられている。

伸一郎からの葉書を胸に抱き、みどりは急ぎ足でエレベーターに乗り込む。

薄暗い部屋のテーブルに葉書を置く。白湯《さゆ》を茶碗に注いでから、椅子《いす》に座る。

ひとくち唇を湿らせると、葉書を取り上げた。

住所が流麗な筆記体なのと対照的に、葉書の裏面を埋めた文章は金釘流《かなくぎりゅう》で、思わず口元が緩む。

ひとつひとつの文字を嚙《か》みしめるようにして、みどりは文章を追う。

お義母《かあ》さんへ

お手紙ありがとうございます。私もがんばって、手紙なるものにトライします。

それがお義母さんに対する感謝の気持ちであり、私ができるささやかな努力かもしれない、と考えました。

一月に頂戴《ちょうだい》した手紙で、妊娠したかどうか確認をされる頃とのことでしたので筆を執りました。結果が判明したらお知らせください。用件のみで素っ気ない手紙ですが、お許しください。今後は、いろどりになるような話題を探し、少しでも手紙らしくなるよう努力します。

伸一郎拝

みどりは葉書をテーブルの上に置くと、窓際《まどぎわ》に歩み寄って、硝子《がらす》戸を引き開ける。真冬の落日は早い。山の端《は》が赤く燃えているのを見つめながら、再び戸を閉めた。食欲はなかったが、何かを口にしなくては、という妊婦特有の強迫観念にも似た義務感から、籠《かご》の中にあるキャベツとホウレンソウを取り出し、適当にザク切りして炒《いた》めて、乱雑に皿に盛った。夕餉《ゆうげ》と呼ぶには少々お粗末だったが、まだ日のあるうちにそこまで準備できたので、みどりはゆとりを取り戻す。

そして机の前に座る。青い万年筆を手に取ると、手紙をしたため始めた。

伸一郎さま

お葉書ありがとうございました。こちらからご連絡するつもりでしたので、お手紙をいただけたのは望外の喜びでした。お勉強でお忙しいと存じますので、今後はあまりお気遣いはなさらないようにお願いいたします。

さて、前置きが長くなりました。今日、理恵の病院を受診しましたところ、おふたりの受精卵がみごと着床《ちゃくしょう》し、受胎しましたことを無事確認いたしました。おめでとうございます。

でも、こうして「おめでとうございます」と人様に言うのは不思議な感じです。だってその子は私のお腹《なか》の中にいる赤ちゃんなんですから。他人行儀なおめでとうなんて言ったら、変わり者だと思われてしまいます。でも理恵はもともと変わった娘でしたから、そう呼ばれることには慣れています。驚いたことはほかにもありました。何と、ふたごちゃんだったのです。理恵は私にタマゴを三つ入れましたが、そのうちふたつが着床したわけです。

そこまで書いて、みどりは迷う。万年筆のキャップを頬に当て考え込む。再び筆を執ると、停まっていた文章が流れ出す。

宿った授かりもののいのちを大切にしながら暮らしていこうと思います。ふたつのいのちは、理恵と伸一郎さん、そして私の願いがこめられた大切なものですから。

理恵の診察は、身内のせいか素っ気なく、その点だけが少し不満です。でもクリニックの患者さんを見ていると、みなさん明るく、理恵を信頼していることがわかります。親から見るといつまでも頼りない娘ですが、世間さまからみれば、立派なお医者さまなのですね。

春が近づいてきます。北半球では季節の歩みは同じでしょうか。お風邪を召したりしがちな季節ですので、お身体《からだ》は大切にお願いいたします。

みどり

筆を置いたみどりは、テーブルの上に並べた夕食の作りかけの膳《ぜん》を見て、ふと思いついてまた筆を執った。追伸、と書き添えて、一気に書き上げる。

追伸。手紙のいろどりであれば、食べものの話などがいいかもしれません。伸一郎さんは料理がお上手ですし、米国の御飯は日本と違うでしょうから、遠い異国に思いを馳《は》せる者には、華やかないろどりに映ります。もしもお時間がありましたら、試してみてはいかがでしょう。

みどりは伸一郎の住所を書き写し、買い集めた色とりどりの記念切手の中から蒲公英の絵柄の切手を選び出し、三枚並べて貼《は》り付けた。空き地にばらまかれた黄色い音符が、グレーの封筒の上に再現され、みどりの脳裏で煌《きら》めく旋律を奏でる。

確か、スーパーへの道すがらに郵便ポストが立っていたはず。みどりは封筒を手に、軽やかな足取りで夕闇《ゆうやみ》の部屋を出ていった。

六章 菜虫化蝶

仲春・啓蟄三候

早春の里山を散歩すると、必ずふきのとうを探す。おひたしで一品。そのあとしばらく蕗味噌《ふきみそ》にして、春のなごりが食卓に残る。炊《た》き立ての白米とふきのとうのおひたし、あるいは蕗味噌を並べる。あとは淹《い》れたての緑茶だ。みそ汁も作らない。蕗味噌と味が重なるからだ。

湯気の立つ白飯を漆の椀《わん》によそい、蕗味噌をひとかけら載せる。箸先《はしさき》でご飯のかたまりをすくい、口に運ぶ。ふきのとうの苦みと味噌の濃厚な味、嚙《か》みしめると白米の甘味が加わる。春の苦さをまるごとのみこんで、暖かいお茶で喉《のど》をうるおす。

これがこの家の早春の膳《ぜん》だ。その膳を見るたび、この膳を俳句にしたらどうだろう、などと考える。だがその試みは、まだ一度も実行されてはいない。

句会に参加することになったきっかけも、ふきのとうだった。

二年前。里山でふきのとうを摘んでいた時、偶然、句会の人たちと一緒になった。野草を観賞しながらのそぞろ歩きという野外句会で、顔見知りの女性、盛田《もりた》克子《かつこ》が、ふきのとうを手にして御機嫌な気分だったみどりに声をかけてきたのだ。

男性二名、女性五名、全部で七名。統制のない集まりで、みどりと克子は歩きながら他愛《たわい》もない話をしていた。そぞろ歩きしながらおしゃべりをしている克子とみどりに、白髪の男性が近寄ってきた。男は丸山と名乗った。句会の講師だという。

「よろしければ、ご一緒にいかがですか。これも何かのご縁でしょう」

ひとり暮らしのみどりには、やらなければならないことも守るべき約束もなかった。なので、その誘いに素直に乗った。

三十分ほどそぞろ歩きをしたあと、里山の入口の小さな児童公園で一行は歩みを止めた。みどりを含めた八名はベンチにシートを敷き、ふたりずつ腰を下ろす。みどりの隣には克子が座った。

丸山がみんなに言う。

「みなさん、里山歩きで感じたことを句にしてください。何でも構いません。まあ、ふつうは素直に春を季語にした句を作ると思いますけどね」

集団に笑いが広がる。みどりの隣に座った克子がひやかした。

「熊田さん、丸山先生はあんたのことを注意してるんだからね」

熊と名が付きながら、外見は正反対で細身で頼りない風情《ふぜい》の初老の女性がか細い声で言い返す。

「どうして私なの？」

「この間の句会で、真冬なのにかき氷という季語で句を詠《よ》んだじゃない」

熊田がぼそぼそと言い返す。

「あの時はお部屋の暖房が効きすぎていて、かき氷が食べたくなっちゃったんだから仕方がないでしょう」

仲間が笑う。みどりは隣の克子に小声で尋ねる。

「ねえ、どんな句だったの？」

「傑作すぎて、一度聞いたら二度と忘れないわよ。いい、覚悟しなさいよ」

そう言って克子はみどりの耳に囁《ささや》きかける。

かきごおり食べたくなって氷買う

みどりは思わずくすりと笑ってしまう。だが、そんな気安いやり取りを聞きながらも、みどりは、集団に属していない部外者の居心地の悪さも感じていた。

丸山の穏やかな口調が、厳しいノルマを伝える。

「春とはいえ日暮れは早いですよ。ノルマはひとり一句ですからね」

言葉とうらはらな、のどかな句会の雰囲気を味わっていると、丸山が言った。

「飛び入り参加の山咲さんも一句、是非」

思わずうなずいてから、みどりは後悔する。いつでもそうだった。面と向かって頼まれると、いやと言えない性分なのだ。

言われるがままに紙片を受け取り、みどりは目をつむり考え込んだ。


「うーん、どうなんでしょう。黄色い福寿草を詠んだ上にさらに黄色い蒲公英《たんぽぽ》を重ねるあたり、かなりの華やかさは感じますけどねえ。まあ、この方の視点と語り口から類推するに、おそらく蒲公英の精なんでしょうかねえ」

とぼけた丸山の口調に笑い声があがる。もう一度、丸山が句を朗読する。

　福寿草　われも黄色いタンポポや

「ひとつの俳句に季語ひとつというのが原則ですから、残念ですけどこの句は完全にルール違反です。でも、作者は天才かもしれません。五七五の十七文字に季語をふたつも盛り込んで、なおかつ豪華絢爛《けんらん》な真っ黄色に染め上げてしまうんですから。さて、この句は誰の句かといえば……」

ぐるりと見回し、丸山は笑顔で言う。

「言うまでもありませんね。やはり熊田さんでした」

一同が笑い、熊田だけが釈然としない表情で、句を書いた紙を受け取った。

こうしてほぼ全員の句が講評を受け、返却された。残るはあとひとりだ。

みどりはうつむいて後悔する。よりによって一番最後になるなんて。

丸山は取り上げた紙片を読み上げる。

　ふきのとう　黄金を持つわが娘の手

そして、丸山はみどりを見つめる。

「これは初参加の山咲さんの句、です」

隣の克子が小声で声をかける。

「山咲さん、本当に初めて？　いい句じゃない。理恵ちゃんの小さい頃の句よね」

みどりはうなずく。知り合いに意図がわかってもらえたことに、ほっとする。

丸山は黙り込む。やがて、優しく皆に語りかける。

「この句には、他のみなさんの句にないものがあります。何だかわかりますか」

句会のメンバーは顔を見合わせ、首を振る。丸山は言う。

「実感を伴った思い出です。頭だけで句を作ってはいけません、といつもお話ししているのは、こういう実感をこめて作って下さいということです。この句の作者は、娘さんを春の陽射《ひざ》しの中で見守っている。それがわかることでみなさんの気持ちが動く。それが大切なんです」

賞賛の視線に包まれて、みどりは面映《おもは》ゆく感じる。

丸山は続ける。

「可能性を秘めた句ですが、初めて参加された方ですので荒削りな部分もある。わたしが推敲《すいこう》してみましょう。俳句は五七五の十七文字しかありません。極限まで限定された文字数にイメージを詰め込むため、一字一句なおざりにはできないんです」

丸山はみどりの句を繰り返す。

ふきのとう　黄金を持つわが娘の手

「この句は、ふきのとうが金色だという色彩的な印象が強く、ふきのとうに、春の黄金というイメージが包含される。少ない字数しか使えない俳句で重複は避けるべきです。同時に、黄金を持つ、という部分は視覚的です。だから娘さんが黄金を持つ、という画像より、春のシンボルとしてふきのとうを扱った方が、句にふくらみがでるのではないでしょうか。ちなみにわたしならこう詠みます」

丸山はみどりの句のとなりに自分の句をさらりと書き付け、静かな声で読み上げる。

ふきのとう　春持つ吾子《あこ》のちいさき手

「同じ心象風景でも料理の仕方でがらりと印象が変わります。ただしこれは、どちらが上、ということを言いたかったのではありません」

「でも、丸山先生の方が、俳句っぽいです」

すかさず熊田が言うと、丸山は笑う。

「そりゃ、この世界が長いですからね。でも、熊田さんのタンポポの句だって立派な句ですよ。ちょっとだけ、見慣れないかたちをしているだけなんです」

みどりの句の講評が終わり、野外句会は解散となった。克子が別れ際《ぎわ》に声をかける。

「山咲さんって才能ありそうね。句会にはいらない？　月会費は千円、出席は強制されなくて気楽なんだから」

みどりの背後で咳払《せきばら》いが聞こえた。丸山だった。

「盛田さん、句会は自由参加ではありません。一応参加は必須《ひっす》ですからね。もちろん、欠席しても罰則がないというのは事実ではあるんですけど」

改めて丸山はみどりに言った。

「私からも改めて山咲さんをこの句会にお誘いします。次回は四月中旬、場所は碧翠《へきすい》院《いん》境内ですので、よろしかったら是非」

みどりはその時、句会の名が「あらたま」だと教えられた。


ふきのとうの季節になると、みどりはあの時に生み出されたふたつの句を思い出す。

ふきのとう　黄金を持つわが娘の手
ふきのとう　春持つ吾子のちいさき手

思い出すたび、俳句としては丸山の方が優れていると思うが、結局は自分には自分の句しかありえないのだ、という想《おも》いを新たにする。

なぜか。

丸山は、句に歌われた主眼と、本当の主人公の両方を読み誤っているからだ。自慢のひとり娘、理恵がてのひらに捧《ささ》げ持つのは、春という抽象的な概念ではなく、黄金に輝く確かな何ものかだという確信は、今日まで一度も揺らいだことはない。だがもうひとつ、この句には秘密があった。実は二重の意味に取れるのだ。

ふきのとう　おうごんを持つ　わがこの手
ふきのとう　きんを持つわが　むすめの手

最初の読み方だと、黄金を持つのは理恵だ。みどりはそういうつもりで作句した。ただし、丸山は春という概念を抱いている、と解釈した。その読み方を耳にした時、みどりには、その句に別の横顔を見つけてしまった。

ふきのとうという黄金を捧げ持つのは、娘だった頃のわたしの手。そう、私の「娘時代の手」だった。何でも摑《つか》めるような気がしていたあの頃。世界はみどりを中心に回っていた。

そんな晴れやかな気持ちになった瞬間が、かつてみどりにもあったのだ。

華やかな記憶が、幼い理恵の姿と二重写しに重なり、金色の光の中でぼやけていく。そしてイメージの世界では、理恵とみどりの身体《からだ》はひとつに溶け合っていく。この句を思うとき、いつもみどりは、そんな幻想的な光景を思い浮かべる。

◑

簡素な朝食を終え、テーブルの上の葉書を眺める。葉書には、流麗な筆記体の宛名《あてな》の裏に、金釘《かなくぎ》文字でたどたどしい日本語が書き付けられていた。

お義母《かあ》さんへ
お手紙ありがとうございました。無事妊娠されたとのこと、大変喜んでいます。私には父になりたいという欲求も願望も薄いですが、それでも事実を知った後は、周囲が違って見えました。これからお義母さんにはご負担をおかけしますが、よろしくお願い申し上げます。
仲一郎拝
追伸。昨日の食事は、朝食がボイルド・エッグにフレンチトースト、昼食はコーンフレークとミルク、そしてディナーはパスタでペンネ・アラビアータでした。

食事の内容についてひと言添えれば手紙のいろどりになると教えたのは確かにみどりではあったのだが、これではいろどりではなく単なる献立メモだわ、とみどりは可笑《お》《か》しくなってくすくす笑ってしまう。

義理の息子の素直な心情が眩《まぶ》しく、そして嬉《うれ》しい。今時、小学生でもこんな無邪気で素直な子はいないだろう。

そんな伸一郎がゲーム理論などという小難しい学問領域で世界トップクラスの研究者として認められているという事実と、この手紙の中身が、みどりの中ではどうしても一致しない。そのギャップに、みどりは笑ってしまう。

みどりは伸びをして立ち上がる。今日は、マリアクリニックの受診日だ。

花曇りの中、笹月駅からマリアクリニックまでの道のりには肌寒い風が吹き、道ばたに咲いている蒲公英の花を揺らしていた。伸一郎の手紙を読み返したせいで、いつもの新幹線に乗り遅れ、一本後の列車になった。

クリニックの待合室に入ると、前回と同じメンバーが揃《そろ》っていたが、空気が重い。

黒い傘のスーツ姿の女性が、心なしかやつれ、頰の化粧が落ちている。

——泣いてた？

みどりは、目を合わさないようにして、受付に受診カードを出す。

周囲を見回すと、オレンジ色の髪のピンクジャージ、青井ユミと目があった。ひとさし指と中指を揃え、みどりに敬礼を投げる。

「おばちゃん、ちーす」

ユミのとなりに若い男性が座っていた。デイパックをお守りのように抱えている。スーツ姿の女性は、受付で費用を払うとそそくさと出ていった。みどりと目を合わそうともしなかったが、目を真っ赤に泣きはらしているのがちらりと見えた。

入れ替わりに青井ユミが呼ばれ、肩をそびやかしながら診察室に入っていった。

三十代の若奥様風女性と、さばけた服装の中年女性とみどり、そして居心地の悪そうな男性、という四人が残された。

やがて診察室の扉の向こうから、ユミが吠《ほ》える声が聞こえた。

「コージ、入ってきて」

男性は立ち上がる。言われるがまま、診察室の向こうに姿を消した。残された女性陣はため息をつく。産院では男性は異分子だ。存在するだけで空気が緊張する。

再び診察室の扉が開き、ユミとコージが戻った。妙高助産師が甘利みね子を呼ぶ。ソファに腰掛けた若妻が立ち上がり、ユミとコージの間をすりぬけ、診察室へ姿を消した。

押し殺した声でユミがなじる。

「まったく、肝心の時に役立たずなんだから」

狭い待合室なので、声を落としても何の効果もない。

「ごめん、ユミ先輩」

ち、と舌打ちをしたユミは、携帯電話を取り出すと、すごいスピードでキーを叩《たた》き始めた。

「ユウコとアユミとカナからメールが来てっけどさ、何て答えればいいのよ、まったく。とっととケリつけて欲しいのに」

メールを送信し、ユミは動きを止めた。再びすごいスピードのキータッチを始める。効果音が聞こえるから、ゲームでもやっているのだろう。

若奥様が待合室に戻り、中年女性が呼ばれる。ユミが顔を上げずにゲームに集中している間中ずっと、コージはうつむいていた。

みどりが呼ばれた。

診察室のベッドに上る時、体重が増していることに気がついた。深呼吸をして、少し集中しないとベッドに上がれないような気がした。

理恵は、ややふっくらと膨らんできたみどりの腹部に透明なジェルを塗り、超音波《エコー》検査機で下腹部の肌を撫《な》でる。

「経過は順調です。ふたりとも」

理恵の説明はよそよそしい。代理出産ということを表沙汰《おもてざた》にできないので仕方がない。他人行儀な説明は素っ気ないが、毎回受診した夜、電話をくれる。クリニックでできなかった説明をし、みどりの素朴な質問に丁寧に答える。その時の理恵の言葉には暖かみがあり、娘としてはともかく、医師としての理恵は信頼されているだろう、ということがわかる。

みどりは、クリニックでは無愛想な患者になる。気を緩めると、ふたりの隙間《すきま》から妙高助産師の鋭い視線と嗅覚《きゅうかく》が触手を伸ばし、みどりのこころを探っているような気がした。思い過ごしだろうか。

だが、忙しく働く理恵の隣にさりげなく佇《たたず》む妙高は、果たして理恵の護衛か、それとも寝首を掻《か》くために潜入した刺客なのか、みどりにはわからない。

それも妊娠初期の神経過敏のせいだろうか。

診察室からみどりを送り出した妙高助産師は、一旦《いったん》診察室に姿を消したが、しばらくして再び姿を現す。

「山咲さん、今日のお支払いは結構です。診察券をお返しします」

そう言うと、妙高助産師の視線はソファに取り残された小動物、ユミとコージに注がれた。

「お待たせしました。診察室にお入りください」

どうやら今日のクリニックの主賓は、この若いカップルらしかった。

木陰に身を隠し、若いふたりがクリニックを出てくるのを待った理由は、単なる好奇心だ。だから木陰に佇み三十分してもふたりがクリニックから出てこないとわかったとき、みどりは「もう帰ろうかな」とひとり呟《つぶや》いた。

薄暗い空からぽつぽつと小雨が降り始める。大降りになる気配はなかったが、雲の中に紛れ込んだかのように、湿った空気がみどりの周囲に残された。

牛祭りの牛に付けられた鈴のように、扉の鈴ががらんがらんと鳴り響く。どうすればあんな大きな音を出せるのだろう、と不思議に思いながら、みどりはあわてて木陰に身を隠した。

扉が開く。黒縁眼鏡の男性が何か言っているが聞き取れない。代わりにユミの声がびんびん響いてくる。

「さっきは少し見直したけど、本当にあたしを養っていけるの？　今からのバイトだってピーピーでしょ。だからあの時パパーンとハンコをついちゃえばよかったのに」

男性がぼそぼそと言い返す。ユミが明瞭《めいりょう》な言葉を吐く。

「とにかく後戻りはできないからね。今ならまだ間に合うんだよ。本当にいいの？」

男性はきっぱりうなずいた。ユミは黙り込む。それからぽつんと言う。

「じゃあ、も一回、ヤル？」

遠目にも男性の頬が赤らんだのがわかる。男性はなにごとか言い残し、ユミに背を向けみどりの隠れている木陰と反対側に歩いていった。

残されたユミが呟く。

「ふん、カッコつけちゃって。何よ、ほんとはヤリたいくせに」

振り返ったユミの表情は、その口調とはうらはらに、とても晴れ晴れとしていた。

ユミは金の鎖の肩下げベルトがついたポシェットをぐるぐる回しながら、スキップしてみどりの横を通り過ぎていった。

尾行するつもりなどさらさらなかったが、みどりはユミの後を追うことになった。駅がそちら方向にあったからだ。

家に帰ったみどりが夕餉《ゆうげ》を済ませると、電話が鳴った。理恵からだった。

「今日は早かったのね」

「あの病院はもう新患は取らないからね。今日ひとり流産したから、また患者が減っちゃった」

目を泣きはらしたスーツ姿の女性を思い出す。みどりは尋ねる。

「ところであたしに宿ったふたごちゃんは一卵性、二卵性、どっち？」

受話器の向こう側で、理恵は黙り込む。それから低い声で言う。

「からかってるの、ママ？」

「とんでもない。わからないから聞いただけ」

深いため息が聞こえた。それから低い声が答える。

「それって中学生の理科のレベルよ」

文系のみどりはいいわけしようとしたが、やめた。理恵は続ける。

「今回は体外受精した受精卵をみっつ戻し、そのうちふたつが着床《ちゃくしょう》したから、当然ふマゴは別々で二卵性よ」

「一卵性って、どういうふたごちゃんなの？」

「受精卵が細胞分裂して最初の卵割でふたつになった時、はずみで分離するの。するとまったく同じ受精卵がふたつできる。それが一卵性よ」

「ふうん、だからあたしのふたごちゃんは二卵性なのね」

受話器の向こうの無言は、イエスと同じだ。みどりは聞きたかったことを尋ねる。

「理恵ちゃんは、赤ちゃんの名前は考えてる？」

冷静な理恵だから、赤ちゃんが確実に生まれてから考える、というような返事を予想していたみどりは、意外な答えを受け取った。

「もちろん考えてるわ」

理恵が続けた言葉はさらにみどりをびっくりさせた。

「私の子どもだけじゃない。私がラボで手がけた体外受精の子どもたちには全員、私が名前をつけてるの」

それって越権行為じゃないの、と口に出す前に、理恵の説明が加わる。

「もちろん私がつけた名前は、体外受精の夫婦には伝えない。私の個人的な趣味なの。診察するときに名前で呼ぶと、無事に生まれてくるみたいで嬉《うれ》しくなれるから」

理恵の情緒的な一面が意外だった。そこで、さらに質問をぶつけてみた。本命の質問だった。

「じゃあ、あたしのお腹《なか》の中のふたごちゃんにはどういう名前をつけたの」

「だから、懐妊した夫婦には言わないようにしてるんだってば」

「今回は違うわ。だってあたしのお腹の子は理恵ちゃんの子よ。生まれたら理恵ちゃんが名前をつけるのは当然よ」

受話器の向こうに沈黙が流れた。それから小さな呟き声を拾う。

「あ、そっか」

理恵は、みどりの胎内にいるのが自分の子どもだということを完全に失念していたらしい。みどりのこころの中に一陣の寒風が吹きすぎた。気を取り直して、言う。

「よかったら、理恵ちゃんがつけた、ふたごちゃんの名前を教えて」

理恵は沈黙し、部屋の窓硝子《がらす》が夜風に鳴った。

未来永劫《えいごう》続くかと思われた沈黙も、声が頼りのコミュニケーションを取る電話というツールゆえに感じた過剰感覚で、客観的に計測した人がいれば一分も経《た》っていないと証言しそうだった。

やがて、理恵が口を開く。

「ママには知る権利があるわね。〝しのぶ〟と、〝かおる〟というの」

みどりは驚いて、尋ね返す。

「〝しのぶ〟ですって？　どうしてそんな名前にしたの？」

「伸一郎が百人一首の、〝しのぶれど〟という歌が好きだから」

みどりは言葉を失う。理恵は淡々と続けた。

「〝かおる〟の方は、私の大好きな小説の主人公の名前にしたの」

みどりの胸に小さな棘《とげ》が刺さったような気がした。かすれ声で尋ねる。

「伸一郎さんがそう言ったの？」

理恵の明るい笑い声が響く。

「まさか。あの人は不確定なことには興味がないわ。ママの懐妊が確定したからメールを打って、名前のことを尋ねたら、興味がないから君がつけていい、という即レスをもらったわ」

みどりは胸を撫で下ろす。安堵《あんど》感《かん》と苛立《いらだ》ちの混じり合った、不思議な気持ちだった。さりげなく尋ねる。

「それじゃあ、ふたりとも理恵ちゃんが考えたのね」

「そういうこと」

「いい名前ね」

「胎児に名前をつけるのって難しいの。性別がわからないでしょう？　男女ふたとおりの名前を考えればいいんだけど、それは大変だから、男でも女でも使える名前にしてるの」

みどりは不思議な感覚に囚《とら》われる。一緒に暮らしていた頃には、精神的に近しい存在に思えなかった理恵が、これほど自分と似ていたなんて。

こうして、広大な確率の海を渡り、みどりは胎内に宿ったふたごを、理恵を産む時に考えていた名で呼ぶ権利を手にした。宝くじよりも低い確率を突破できたのはなぜだろう。

みどりは思う。——やはり、血なのかしら。

母娘《おやこ》の絆《きずな》を、これほど強く感じた瞬間はなかった。それだけでも理恵の代理母を引き受けてよかった、と思う。

それにしても娘の代理母って変な日本語だ、と思う。そもそもあたしは本当にこの娘の母親なのに、いったいどこから代理なんて言葉が紛れ込んできたのだろう。

さりげなく話題を猛獣、青井ユミに振る。理恵は奥歯に物がはさまったような言い方をし、みどりは、他の患者についてはあまり言いたくないのだろう、と察した。

ただし、この情報は理恵にとっても重要になるのではないかと思ったみどりは、クリニックを後にしたふたりの様子だけは報告した。

「ふたりを待ち伏せしてたの？　ママって本当にヒマなのねえ」

呆《あき》れ声の理恵の指摘に反論できない自分を見つけ、みどりはくすくす笑った。

七章　牡丹華

晩春・穀雨三候

新聞を取りに一階に降りると、郵便受けの底に青い封筒がひっそりと置かれていた。どうやら昨晩届いたらしい。みどりは新聞と一緒に封筒を取り上げる。エレベーターの中で、時風新報の一面の下にあるコラム、風便りを読み流す。古いマンションのエレベーターはのんびり上昇するので、最上階の五階にたどりつく頃には読み終えてしまう。

部屋に戻ると、新聞と封書をテーブルの上に置き、朝食の支度に取りかかる。小鍋《こなべ》に水を入れ、火を点《つ》ける。

食材籠《かご》からたまねぎを取り出し、半分にしてスライスし、沸騰《ふっとう》し始めた小鍋に入れる。沸騰は一瞬収まるが、ふたたびくつくつと煮立ち始める。隣のコンロに油をひいたフライパンを乗せる。香《こう》ばしい胡麻《ごま》油の匂《にお》いが台所に広がる。鰹節《かつおぶし》をひとひら、小鍋に投げ込む。白味噌《しろみそ》をひとかたまり、おたまにすくったお湯で溶き、流し込む。そしてふたたび煮立ち始める寸前に火を止める。

たまねぎのみそ汁の出来上がり。

残り半分のたまねぎを薄切りにして、熱したフライパンに放り込む。派手な音と共に油が弾《はじ》ける。フライパンの中でたまねぎがしんなりし始めるのを確認してから、ラム肉を放り込む。赤味がかった肉はたちまち赤黒く焼き上げられていく。醬油《しょうゆ》を注ぎ、菜箸《さいばし》で数回混ぜてから、火を止めた。

これで三日連続、朝食はラム肉野菜炒《いた》めだ。こんなこってりとしたものが欲しくなるなど、みどりにはついぞなかったことだ。

「あんたたち、本当にお肉が好きなのねえ」

みどりは下腹部を撫《な》でて、呟《つぶや》いた。

そうこうしているうち、二膳目《ぜんめ》のご飯とラム肉野菜炒めとみそ汁がちょうどぴったりなくなる。

みどりは食後のお茶を飲みながら、青い封筒を開け、手紙を取り出す。見慣れた金《かな》釘《くぎ》文字がみどりの手の中で広がった。

お義母《かあ》さんへ

先日、国際ゲーム理論学会・学術総会で発表した私の理論に、会場の非難が集中しました。いつものことです。アカデミズムの虚塔に巣喰う紙魚《しみ》連中が、新しい考えに寄生し、すべてを台無しにする。敵対し向かい合った瞬間、猛獣のように嚙《か》みついてくる輩《やから》は危険ですが、むしろ好ましい存在です。一方、紙魚連中は一見人格者に見え、なかなか敵と認識しにくい。けれども実は、持ち前の人の好《よ》さから何も決められず、議論を台無しにしてしまうという点からみれば、もっともタチの悪い連中なのです。真理とは、時に傲慢《ごうまん》な暴君の如《ごと》くふるまい、科学者はその暴君にかしずく従者です。なので真理という暴君を阿諛《あゆ》で手なずけてはならない。とまあ、こんなことをお義母さんに愚痴っても仕方ないので本題に入ることにします。

ツインズは元気でしょうか。何より、お義母さんの体調はいかがでしょうか。無事にすべてが回ることを、遠くマサチューセッツの空の下から祈っております。

伸一郎拝

PS. 今日は朝食がクロワッサンとミルク、昼食はサンドイッチ、夜はラムステーキでした。

ここ数日間の、ラム肉に対する執着は、みどりにとって初めての出来事で謎《なぞ》だった。だがその謎は、伸一郎の手紙であっさり解けた。みどりはお腹《なか》を撫でながら呟く。

「あんたたちってば、お父さんと同じものを食べてみたかっただけなのね」

そしてふと、理恵の時のことを思い出す。あの時はやたら赤身の刺身を食べたくなった。赤身の刺身は、亡夫貴久の大好物でもあって、そのことに気付いたみどりが貴久に告げると、貴久が照れ臭そうな笑顔になったという、あの幸せな瞬間を。

◐

二週間後。

少し前に届いた「あらたま」の句会の通知を茶封筒の中の書類で確認し、みどりは立ち上がる。見慣れた古い書体で印刷された紙には次のようにあった。

――定例句会は五月十五日、碧翠院境内にて執り行ないます。十一時集合。雨天中止。

手帳を見てマリアクリニック受診日と重ならないことを確認する。本当なら句会の翌日は五月の受診日のはずなのだが、今回はなぜか休みだ。

ベランダに出て空模様を確認する。晴れてはいないが雲は薄く、雨にはとてもなりそうになかったので、みどりはいそいそと野外歩き用の身支度を始めた。

少し太めのみどりは、もともとゆとりのある服を好んだ。なので妊娠六ヶ月になり腹部がふっくらしてきても、ふだんと変わらない服装でも目立たない。だが、みどりのお腹の中ではふたごが順調に育っていたのだった。

朝から曇り空だった。

この頃、みどりがどこかへ行こうとすると天気が冴《さ》えない。あたしって曇り女なのかしら、と思い、それにしても曇り女って言葉は冴えないわ、とも思う。そんなことを考えながら歩いていると、たちまち桜宮駅のロータリーに着いてしまった。

碧翠院行きのバスは一時間に一本しかない。碧翠院までは約三十分かかるので、バスの時間は逆算すれば自《おの》ずと決まる。十時十五分、桜宮駅発・碧翠院行き。停車しているバスに乗り込むと、みどりの他に乗客はいなかった。

しばらくして、無愛想な運転手が扉を閉めた。エンジンがかかりバスはゆったりと震える。やがてバスはそろそろと動き出した。

がらすきの海岸線のバイパスに入っても、依怙地《いこじ》なほど制限速度を遵守《じゅんしゅ》しているバスの速度は変わらなかった。

みどりは開け放した窓から吹き込む海風を胸一杯に吸い込む。

句会のメンバーはみな自家用車を持っている。みどりだけは持っていないが、そのことに誰も気づいていなかった。もしも気づけば、一緒に行こうと誘ってくれる人がいたに違いない。だが、あえてみどりは言わなかった。句会は駅近くのコミュニティ・センターで開かれていたので、車がなくても平気だったし、何よりみどりは善意の他者による無神経な拘束を疎《うと》んでいた。

免許も車も持たないみどりだが、赤いローバーミニがお気に入りだ。

車は、理恵のために奮発したものだ。理恵が医学部四年生のとき、医師国家試験の自主勉強会が始まった。週二回、気の合う数人が集まり、下宿生の家を転々として勉強会を開いた。勉強会は部活動の後なので、帰宅は深夜になるし、下宿は交通の便がよくない場所にあることも多く、どうしても必要になり仕方なく買い与えたのだ。

「車、買ってあげる」

みどりがそう告げた時、理恵は「無理しないで、友だちに送ってもらうから」と遠慮した。だが幾度かそうしたやり取りが繰り返され、みどりの決意が固いことがわかると、理恵はいそいそと車のカタログを持ってきた。みどりがお金を出してくれるのだからみどりが決めるべきだ、というのだ。

車に興味はなかったが、カタログを見ているうち一台の車に目が吸い寄せられた。

理恵がすかさず言う。

「さすがママはお目が高いわ。それ、外車よ」

「あら、そうなの？　じゃあダメね」

外車は高価だと思いこんでいたみどりだったが、値段を聞いて驚いた。国産車程度の価格だったのだ。みどりの心は即座に決まった。

「じゃあ、この車に決まり。色は赤ね」

後になって理恵はことあるごとに、このときのことでみどりをからかった。

「後にも先にも、あんなにきっぱり買う物を決めたママは見たことがないわ。だって私にひとことも口を挟ませなかったんだもの。よっぽど気に入ったのね、あの車」

それが赤いローバーミニだった。


海沿いのバイパスを進むと、行商の老女が乗り込んできた。背負った荷か、魚の干物の匂いが広がる。貸し切り状態は解消され、みどりは左手に広がる海原を見遣《みや》りながら、句会のことを考える。

「あらたま」は年二回、野外句会を開く。決め方はいいかげんで、雑談の場で何となく決まったりする。最近は講師の丸山の体調が思わしくないというウワサで、新年の初句会を開いた後、句会は二度ほど延期されていた。代理出産で忙しくなったみどりの予定ともなかなかあわず、みどりにとっては今回が今年初めての参加だった。

やがてバスの進行方向に鬱蒼《うっそう》とした森が見えてきた。

古くからの桜宮の住民は、その景色を見ると喪失感を覚えるに違いない。そこには本来なら、桜宮の象徴的なモニュメントがあったのだ。

碧翠院桜宮病院だ。

遠目にはかたつむりそっくりの建物。今日のような曇天の下では、海に向かってそろりそろりと這《は》い始めそうに思われた。理恵の幼稚園の同級生の母親は「聞き分けがない時は、『でんでんむしの前に捨てるよ』と脅すと泣きやむわ」と言っていた。ためしに理恵にも言ってみたが、理恵は不思議そうな顔でひとこと、「いいよ」と答えた。なので理恵にはその脅しは有効ではなかったが、どうやら理恵以外の子どもたちには、でんでんむしは間違いなく恐怖の象徴として機能していたらしい。

二年前、桜宮病院は火災で炎上し、桜宮の医療を支えてきた名門医師一家は焼け落ちた建物の中で全員焼死してしまったのだ。

みどりはふと思いだす。

そう言えば今回の句会のお題は「かたつむり」だった。

碧翠院はもともと寺院だったが、数年前、桜宮病院と共同してホスピス型病院を併設した。病院を経営する桜宮家は一男三女の子宝にも恵まれた幸福な一家だったが、十数年前のとある不幸な事件が暗い影を落とした。そこへさらなる悲劇が一族を襲った。一家全員、不審火で焼死してしまったのだ。事件はしばらくテレビのワイドショーを賑《にぎ》わせていたが、いつの間にか忘れ去られた。その後、碧翠院は廃院となった。バスのアナウンスが最終降車場の停留所、碧翠院桜宮病院に到着したことを告げるとみどりは悲劇の一族のことを思い出し、哀しく憂鬱な気持ちになる。

バス停に降り立つと、海風がみどりの髪を乱した。手で髪を梳《す》き、ねずみ色の曇り空を見上げる。その脇《わき》を砂利を満載したトラックが埃《ほこり》を上げて通り過ぎていく。

遠くから杭《くい》打ち機の音が響いてきた。

みどりは反対側のバス停を通りすぎながら、帰りのバスの時間を確認する。そして砂利道の側の歩道らしき草むらをゆっくり歩き始める。碧翠院まではここから十五分くらいだから、少し遅刻してしまいそうだ。

そう思ったみどりは、歩みを早めた。

そろそろ碧翠院の手前、焼失した桜宮病院の虚《むな》しい空間が見えてくるはず。

そう思って見上げたみどりは、目を見開いた。

広々とした草原には、新しい建物が建っていた。四角四面の退屈な低層の建物。看板に眼を凝《こ》らすと、そこには『桜宮科学捜査研究所（SCL）』とある。

いつの間に。

先ほどとは別のトラックがみどりを煽《あお》るようにして通り過ぎる。

そして、喪《うしな》われた蝸牛《かたつむり》、桜宮病院があったまさしくその場所は、白い覆《おお》いに囲まれて、新しい建築物が建設中のようだ。トラックはその囲いの中に吸い込まれていく。

なにやら桜宮の因縁がひそやかな胎動を始めているような予感がして思わず立ちすくみ、そうした光景を見つめ続けていた。ふと時計をみる。完全に遅刻だ。みどりは後ずさるようにそろりそろりとその場を離れた。

背後で小さなクラクションの音がした。あわてて道の端に寄ると、車はみどりの隣で停車した。みどりは息を呑《の》む。

その車は赤いローバーミニだった。

立ちすくむみどりに、車中から声が掛けられた。

「やっぱり山咲さんでしたか。これでは遅刻しますよ。乗って下さい」

句会の講師、丸山が穏やかな笑顔で窓越しに告げた。みどりは小さくうなずいた。

講師の丸山が句を読み上げる声には、以前のような張りはなかった。ウワサに囚《とら》われたみどりの勝手な思いこみのせいか、やつれた感じもする。

かたつむり　ひねもすのたりのたりかな

「うーん、熊田さんは相変わらず印象的な句を詠《よ》みますねえ。でも残念ながら、さすがにこの句はアウトです。有名な蕪村《ぶそん》の句にあまりにもそっくりすぎますから」

そして、次の句を読み上げようとして、咳払《せきばら》いをする。

「おや、久しぶりの山咲さん。これはなかなか」

かたつむり　雲海の底　巡りきて

丸山が朗誦《ろうしょう》する。

「僕には、この句のめざす場所がよくわからないなあ。出来はよくないように思いますが、句の奥には何か確固たるものがあるようにも感じられる。雲海の壮大さと、かたつむりの卑小が見事なミスマッチを奏《かな》でています。よくもまあ、こんな対比を思いつきますね。ひょっとしたら山咲さんの目には、私たちとは世界が違う風に見えてるのかもしれませんねえ」

みどりは頰を赤らめて、うつむく。丸山の指摘にあえて反論しようとはしない。実はみどりは、目の前の紫陽花《あじさい》の葉を這うでんでんむしを詠んだのではなかった。今は失われてしまった桜宮の蝸牛、桜宮病院を詠んだのだった。

かつて桜宮では、桜宮病院が夜な夜な海に向かって鳴き声を上げ、夜中には海の底をはいずり回っていると言い伝えられていたことを、よそもので独り身の丸山はおそらく知らない。だから丸山に、みどりの句の意味が理解できるはずがなかったのだ。

みどりがそんな風に丸山を秘《ひそ》かに断罪しているのを知ってか知らずか、丸山は呟《つぶや》く。

「でも、今の私の山咲さんの句に対する講評は、決して低いわけではありません。自分の知らない世界が広がっている、と感じさせるのは素晴らしい。人は誰でも最期《さいご》はひとりきりで旅立ちますが、存在の数と同じだけ無限世界が存在し、みんなその無限世界をひとつずつ抱いて旅立つと思えば、凍りつくような孤独も少しは癒《い》やされるのかもしれません」

みどりは思わず顔を上げた。碧翠院の庭に咲く芍薬《しゃくやく》を見つめる丸山の姿が、透明になった気がした。

句会のメンバーは碧翠院を散策していた。やがて一行は広い池に出た。蓮《はす》の葉が一面に広がっている。丸山は歩みを止め、蓮池を見遣った。

「蓮の花が開く音を聞いたことがありますか？」

全員、顔を見合わせる。丸山は続ける。

「蓮は早朝に花が咲きますが、その時に音がします。それは命が生まれる音と同じで、その音を一緒に聞いたふたりは、来世でもまた巡り会えるんです」

「丸山先生は、誰かと一緒にその音を聞いたことがあるんですか？」

遠慮会釈《えしゃく》ない熊田の質問に、丸山は柔和な笑顔で答える。

「相変わらず熊田さんは、〝もののあはれ〟を解しない方ですね。そんな方がいれば、今頃こんなところでみなさんとぞろ歩きなんてしていませんよ」

ウィットに富む丸山の回答に、一同は笑う。みどりも笑いながら、自分の横顔に丸山の真《ま》っ直《す》ぐな視線を感じた。

他のメンバーの句の講評を聞き流しながら、みどりは子どものころのことを思い出す。両親に手を引かれ、碧翠院に連れて行かれた時にみどりは、自分の名の由来を知った。

碧翠院の名は、どちらも「みどり」という意味だと幼いみどりは母親に教えられた。

みどりちゃん、みどりにはいろいろなみどりがあるのよ。

そんなこと、ないわ。だってみどりはみどりだもん。

そうね、みどりちゃんはみどりちゃん。だけど、世の中には他にもみどりちゃんがいるし、ほかの名前のおともだちだって大勢いるでしょ。

きょうこちゃん、あやこちゃん、まりこちゃん、めぐみちゃん。

幼稚園の同級生の名を上げるみどり。その小さな身体《からだ》を、母親は抱き締める。

そうね、みんなおともだち。でもみんな顔は違う。みどりいろにもそれと同じくらいいろんなみどりがあるの。そのことをいつも考えてほしくて、おかあさんはみどりという名前をつけたの。

優しかった母親は、もういない。みどりはふと、自分は娘に、名前の由来をきちんと伝えたことがあっただろうか、と思った。

他のメンバーが自家用車に戻る中、送りましょうか、という遠慮がちの丸山の申し出を断ったのには、深い意味はなかった。バス停の時刻表を覚えていたので、ちょうどバスが来る時刻だとわかっていたからだ。

だが答えた後で、丸山が一瞬みせた淋《さび》しげな表情がこころをざわめかせた。旧型の中古車に乗り込んだ丸山の背中が、妙に透き通って見えた。あの、と声を掛けたつもりが、みどりの言葉は丸山の身体を通り抜け、虚《こ》空《くう》に消えていった。そして懐《なつ》かしい赤いローバーミニは、みどりの視界からその姿を消した。吹き抜ける風が、鬱蒼とした木々の梢《こずえ》を揺らした。

翌朝、メトロ笹月駅に降りたみどりは、マリアクリニックに向かってとぼとぼと歩いていた。一ヶ月前の受診後の、理恵とのやりとりを思い出す。

「では次回は、五月の……」

理恵は壁にかけたカレンダーに目を泳がせてふと、表情を変える。

「次回はひと月お休みで、六月の第二月曜に来て下さい」

違和感を抱きながら診察室を後にする。みどりの前に診察された中年女性が支払いを済ませ、受診カードを返却されていた。妙高助産師が女性に言う。

「荒木さん、次回は来月の中旬になりますけど、だいじょうぶですか？」

「もちろんです」

そうしたやり取りを聞いて、みどりは首を傾《かし》げた。なぜ、私だけ一回お休みなのかしら。その疑問を胸に抱き、みどりはひとり、クリニックへの道をたどる。

予約はなかったが、クリニックはやっているはず。受診日でもないのにクリニックに向かう自分を訝《いぶか》しく思いながら、みどりはその行動の原動力について考えてみる。

その時、誰かが耳元で囁《ささや》いた。

こうでもしないと、あなたには自分が妊娠していることを伝える縁《よすが》がないのよね。誰にも言うことができない不幸な妊娠に、いたたまれなくなる。診察予定がなければ、自分はクリニックとは無関係な存在なのだと気づき、孤独の影が深くなる。

次第に歩く速度が落ちていく。ふと顔を上げると、遠目にも鮮やかなピンクジャージのオレンジ頭、青井ユミの姿が見えた。みどりは思わず木立に身を隠した。

ユミは金の鎖のポシェットをくるくる回し、鼻歌を歌っている。

戸口で立ち止まると、ポシェットから煙草《たばこ》を取り出す。みどりは木陰で念じた。

やめなさい。煙草は赤ちゃんに悪いのよ。

ユミは、煙草をくわえ、ポシェットをごそごそ探る。やがて、クリニックの庭の柵《さく》を苛立《いらだ》たしげに蹴《け》った。名残惜しそうに、くわえた煙草を箱に戻し、扉を開ける。がらんがらんと鈴の音がして、扉の中に極彩色のユミの姿が吸い込まれて、消えた。

念力ってあるのかしら。みどりはふと思った。

車の排気音に振り返る。クリニック前の小径《こみち》は国道が並行して走っているので、滅多に車は通らない。背後のシルバーグレーのスポーツカーが、みどりを追い越し目の前で急ブレーキをかけて停車する。クリニック前に堂々と路駐すると、長身の男性が車から降り、大股《おおまた》でクリニックに姿を消す。

今の人、理恵がペアを組んでたという上司だわ。

みどりは直感した。今日は間違いなく理恵は不在だ。そして他の医師に診察されたら代理母出産がバレてしまうから、みどりの受診をキャンセルさせたのだ。

みどりは、クリニックの前に立っているだけで、男性医師にすべて露顕してしまうのではないか、という恐怖心を抱いた。だから顔なじみの中年妊婦がみどりの前を通り抜け、クリニックに入っていったのにも、気づかなかった。

一刻も早くこの場を離れなければ。

その気持ちを認識する前に、みどりの足はクリニックから遠ざかりはじめていた。

曇り空の下、することのないみどりは、公園のベンチに座り歳時記を眺める。

かたつむり。蝸牛。ででむし。でんでんむし。

マイマイ目の有肺類で陸生の巻き貝。木や草の若芽や若葉を食う。螺旋《らせん》の殻を背負い、頭に屈伸する二対の角がある。長い方の先端に目があり、明暗を判別する。

なるほど、と思う。でんでんむしのことくらい、よく知っていたつもりだったが、改めて文章で読み返すと、自分がいかに何も見ていないか、よくわかる。

ひとつひとつの文章は正確な描写でたぶん過不足はないのだろう。しかし、そこにはみどりにとって〝でんでんむし〟という言葉で呼び起こされるイメージのすべてが凝集されてはいなかった。歳時記の中には碧翠院桜宮病院のことはひとことも書かれていなかったからだ。

桜宮市の住人にとっては、でんでんむし、という言葉と共に惹起《じゃっき》される郷愁と恐怖心、そして闇《やみ》の中に潜む未知の世界への畏《おそ》れとあこがれといった感情は、桜宮病院の存在と無関係には存在しえなかった。だが、歳時記の世界にはそうしたことは、これまでも、そしてこれからも決して書き込まれることはない。

言葉のイメージを網羅することなど、不可能なのだ。それは同時に句会の主宰者、丸山がみどりの句を理解する機会もないということを意味した。

ひとはどこまでわかりあえるのかしら。みどりはため息混じりで歳時記を閉じる。

「おばちゃん」

空から降ってきた明るい陽射《ひざ》し、のような声に驚いて顔を上げる。オレンジ色の髪が揺れる。

「どうしたの？　こんなところでしょぼくれちゃって。今日、なんでクリニックにこなかったのよ。サボリ？　でも正解だよ。だって今日は理恵先生じゃなくて男の先生だったから。なんかヤじゃない？　男の先生にアソコを見られるのって。あ、でも、ちょっとかっこいい先生だったから、ま、いっか」

一気に語ると、ユミはみどりの隣に腰を下ろす。ポシェットをごそごそ探り、何かに気づいたようにポシェットを閉めた。

「たばこは止《や》めた方がいいと思うんだけど」

勇気を振り絞って言った。この機を逃したら、たぶんもう二度と言えない。余計なお世話よ、と怒鳴り返されるのではないかと身構えていると、ユミはぼりぼりと髪をかきながら意外にも柔らかい言葉を返してきた。

「わかってる。さっきの先生にも言われたから、寄付してきちゃった」

みどりには、ユミの素直さが意外だった。

ユミとみどりは、ぽかんと空を見上げている。

こうしてふたり並んでベンチに座っていても、話すことはなかった。でも居心地が悪いわけでもない。実の娘の理恵といるよりも寛《くつろ》いでいる自分に気がついて、みどりは少し驚いていた。

立ち上がって、自分の腰を拳《こぶし》でとんとん、と軽く叩《たた》くと、ユミを見た。ユミは視線をぼんやり空に投げかけていたが、その焦点を唐突にみどりに合わせる。

「おばちゃんって年よりもずっと若く見えるよね」

みどりは思わずユミを見下ろす。ユミは続けた。

「あたし、この間見ちゃったんだ、おばちゃんのカルテ。おばちゃんって五十五歳なんだね。そんなには見えないよ。四十歳くらいだと思ってた」

みどりはふたたび腰を下ろす。

「ありがと。褒めてくれてうれしいわ」

ユミはみどりを見つめる。

「おばちゃん、ひとつ聞いていい？」

「なに？」

「五十五歳で妊娠って、できるもんなの？」

　みどりは息を呑《の》む。

　一瞬、嘘《うそ》をつこうかと思った。だが、みどりは瞬時に決断した。みどり自身、口をついて出た自分の言葉を耳にして、初めてその決断の大きさを知った。

「実はね、あたしのお腹《なか》の赤ちゃんは、あたしの本当の赤ちゃんじゃないの」

　ユミは、ぽかんと口を開けてみどりを見た。

「はあ？」

　しばらくしてから、ユミはタイミングを外した疑問符を投げかけてきた。

「何言ってんの、おばちゃん？」

　みどりはユミを見つめる。

「誰にも言わないって約束してくれる？」

　ユミはこくこくとうなずく。みどりは続ける。

「あたし、代理母なのよ」

「代理母？　何よ、それ？」

「あたしの娘は子宮をなくして、赤ちゃんを産めない身体《からだ》になっちゃったの。でも卵《らん》巣《そう》は残してあるから卵子はある。だから、受精卵をあたしの身体で赤ちゃんまで育てることにしたの」

　ユミは目を見開いて、まじまじとみどりを見た。それからげんなりした様子でため息をつく。

「何でまた、そんなしちめんどくさいことを……」

　みどりはにこりと笑う。

「娘に頼まれたから、よ」

　ユミは大きく伸びをした。それからみどりを見ずに言う。

「言ってくれたら、あたしの子ども、おばちゃんにあげたのに」

　みどりはユミを見つめた。そして答える。

「ユミさん、赤ちゃんを産みたくなかったの？」

「あったりまえでしょ」

　即答して、ユミは続ける。

「だってあたしまだハタチだよ？　まだまだ遊びたいのにヤッた相手にバックレられるし、もうサイアク」

　先々月、待合室で見かけたユミの連れの年若い男性の姿を思い出し、みどりは言う。

「あら、パパはこの間、一緒に来てた男の子でしょ？　優しそうな人じゃない」

ユミはいたずらっぽい表情で答える。

「コージのことね。おばちゃんが秘密を教えてくれたから、お返しにあたしも秘密を教えてあげる。実はお腹の子はコージの子じゃないの」

「でも、その、それなりのことはしたんでしょ」

ユミはオレンジ髪を左右に振って、ころころ笑う。

「それが傑作なの。たまたまはずみで一緒に呑んだんだけどさ、コージは酔いつぶれちゃって、しかたがないからあたしの下宿で寝かせたの。で、眼が覚めて、ゆうべ無理矢理ヤラれちゃったと冗談言ったら、すっかり本気にしちゃったってわけ」

それが本当なら、コージにとってはとんだ災難だ。みどりはしみじみ言う。

「お腹の子の本当のパパはいない。パパの代役の男の子はユミさんとしたことがない。そしてユミさんはその赤ちゃんを産みたくなかった、というわけね」

「そうなんだよね、実は」

みどりの言葉にうなずくとユミは膨らみが目立ち始めた下腹部を撫《な》でる。つられてみどりも下腹部を撫でながら、ぽつんと呟《つぶや》く。

「それなら堕《お》ろしちゃえばよかったのに」

ユミは目を見開いて、みどりを見つめた。それから小さく息を吐く。

「そんな風にずばり言われたのって、初めて」

「そう？ お友達とか、言わない？」

「友だち、ねえ。確かにそれらしい子もいるけどさあ。でも本当にあたしのことを考えてくれてるか、よくわかんないし」

みどりには、ユミがクールに周りをみているのが意外だった。

「それならあたしだって同じじゃない。だって本気でユミちゃんのことを考えてあげてるかなんて、わからないでしょ」

ユミは花壇の芍薬《しゃくやく》を見つめて考え込む。やがてぽつりと答える。

「なんでだろ。おばちゃんはいい加減な気持ちで言ってない気がするんだよね」

ユミの意外な言葉に、みどりの胸がほんのりと暖かくなる。


雨粒が落ちてきそうでいて、なかなか落ちてこない。重い大気の中、小さな雨粒は重力に抗するように降下もせず、寄り道してふわふわと空間を漂っているのだろう。

ユミが言う。

「ねえ、自分のじゃない赤ちゃんがお腹にいるって、どんな感じ？」

考えこんだみどりの脳裏を、カンガルーの姿がよぎった。

「そうね、赤ちゃんは授かり物、というけど、あたしの場合は預かり物、かな」

「預かり物……そっか。娘さんの赤ちゃんだもんね」

みどりはうなずいた。

「でも代理母をやってみると、本当は自分の赤ちゃんも、天からの預かり物だったんじゃないのかな、という気もしてくるの」

「……天からの預かり物、ねえ」

ユミはみどりの言葉を繰り返す。

雨粒がぽつぽつと落ち始める。みどりは立ち上がる。

「雨みたいね。そろそろ行きましょう」

ユミも立ち上がる。そして小声で言う。

「赤ちゃんが天からの預かり物なら、赤ちゃんを堕ろすのはいけないこと？」

何気なく尋ねたように聞こえたが、みどりにはその問いの重さがよくわかった。だから、深くは考えずに自分の脳裏に浮かんだ言葉をそのまま口にした。でないと、二度とその言葉を解き放つことができないという予感がしたからだ。

「それは違う。赤ちゃんを堕ろすのは母親の選択よ。天からの預かり物は天に返してもいいの」

「どうしてそんな風に言えるの？」

みどりは躊躇《ちゅうちょ》せずに言う。

「母親ってそれくらい大変な仕事だから。仕事を引き受ける時、できるかどうか考えてから決めるでしょ。できない仕事はできない、と答えることは、いけないことじゃない。少なくとも、産んでから苛《いじ》めたり捨てたりするよりは、よっぽど誠実よ」

答えながらみどりは、自分の考えを改めて知って驚く。みどりの身体を借り、誰かがユミに告げているように感じた。

帰りの新幹線で、歳時記のページをめくっていた。言葉の洪水を自分の中に流し込む。それは思考停止に似ていたけれど、ものすごい勢いで何かを考えているような気もした。

夏の花。余花《よか》。葉桜。桜の実。薔薇《ばら》。牡丹《ぼたん》。紫陽花《あじさい》。額《がく》の花。石楠花《しゃくなげ》。百日紅《さるすべり》。山梔子《くちなし》の花。金雀枝《えにしだ》。泰山木《たいさんぼく》の花。夾竹桃《きょうちくとう》。

花の名を並べるだけで、華やかな句になりそうな気がした。

ことばとは、煎《せん》じ詰めれば名前に還《かえ》っていくのかもしれない。

数日後。

郵便受けに葉書が入っていた。見慣れた金釘《かなくぎ》文字。みどりは微笑を浮かべ、葉書と共にエレベーターに乗り込んだ。ゆっくり上昇するエレベーターの扉が再び開いた時、みどりの表情から微笑は消えていた。部屋に入ることも忘れて、ドアの前でその葉書を繰り返し読んでいた。

お義母《かあ》さんへ。

昨日、二枚の書類と共に理恵が渡米してきました。一枚は代理出産依頼の書類。もう一枚は離婚届です。私は離婚に同意しました。私の拠点が米国で、理恵が日本で暮らしているので実質上結婚生活はないようなものですし、離婚届のありなしで私たちの関係が変わるというものでもないという理恵の言葉は私のポリシーと一致します。

代理出産問題については、話し合う必要があるという点で一致しましたが、今後どうするかについてはまだ結論は出ていません。きちんと説明する手紙を書くべきなのですが、取り急ぎ事実をお知らせした方がよいかと思い、ご報告した次第です。

伸一郎拝

追伸　理恵との食事は、アペリティフにドライシェリー、オードブルはフォアグラのパイ包み、メインディッシュが舌ビラメのムニエル、デザートチーズ五種のアンサンブルでした。

繰り返し、文面を読んだ。その時、マンションの廊下の蛍光灯が、じじじ、と音を立てて、切れた。

みどりは暗闇の中、ひとり取り残された。

八章　腐草為蛍

仲夏・芒種二候

息苦しさに眼を開けると、闇《やみ》が流れ込んでくる。深い海の底にいる。起きあがろうとしたが、身体《からだ》が反応しない。上空を見上げると、鈍く光る水面が見えた。海底にいたら水面が空になるんだ、とみどりは思う。

もう浮上できないかも。その時、轟音《ごうおん》と共にはるか上空を大きな機影がよぎった。

あれはジンベエザメだわ、と直感した。世界最大の魚、ジンベエザメを、みどりはそれまで見たことがなかった。なのにどうしてジンベエザメとわかったのだろう。

そう思った瞬間、瞼《まぶた》が開き、深い海の底の呪縛《じゅばく》が解けた。

闇の中、大きく息をつく。

天井からぶらさがった電灯の白い笠《かさ》がぼんやりと見えた。

秒針が時を刻む音。時刻は六時過ぎのようだ。遠くで汽笛の音がする。耳を澄ませると、自動炊飯器の炊《た》きあがる音がしていた。

みどりはのろのろと起きあがると、台所に立ち、真っ赤なトマトをまな板に載せた。手が止まる。

空腹は感じる。だが料理の手が動かない。こんなことは初めてだった。

熟《う》れたトマトを冷蔵庫に戻す。一段と強い空腹感に襲われるが、食欲にはつながらなかった。コップに水を汲《く》み、みどりは一息で飲み干した。

テーブルの上の葉書を繰り返し読む。一文に眼が吸い寄せられる。

——私は離婚に同意しました。

あなたたちはそれでいいかもしれないけれど、お腹《なか》の子はどうすればいいの。

みどりは繰り返し腹部を撫《な》でる。そして小声でつけ加える。

そして、あたしはどうすればいいの？

その声は小さく、自分でも聞き取れないほどで、誰かが部屋の中で耳を澄ましていても、決して届くことはなかっただろう。

その時、分厚い雲間から朝日が一条、薄暗い部屋の中に差し込んできた。

みどりの耳に、電話のベルの音が響いた。

夢から醒《さ》め、顔を上げる。時計は八時前。二時間近く、こうしてぼんやりしていたことになる。みどりは受話器を取り上げようとして、一瞬躊躇《ちゅうちょ》する。

これほど朝早くみどりに電話を掛けてくる相手は、理恵くらいしか思いつかない。葉書の内容について問い詰めようかと、一瞬悩む。いっそ、電話を取らずに済ませようか、とも考えた。せっかちな理恵は呼び出し音が七回を超えると、電話を切るクセがある。無意識に呼び出し音を数えている自分に気付き、苦笑する。

——逃げちゃダメよね。

受話器を取る。耳を当てると、受話器の向こうに沈黙が広がった。

「もしもし?」

長い沈黙に、おそるおそる呼びかける。応答はない。いたずら電話かと思った瞬間、みどりの耳に勢いある声が響いた。

「山咲さん、朝早くからごめんなさい。あらたま緊急電話連絡網よ」

みどりを「あらたま」に誘ってくれた盛田克子だ。句会の通知は葉書と直前の電話連絡網の二重にくることもたまにあった。それはたいてい、句会の参加者が少ないときの非常招集だった。

先日、碧翠院で野外句会をしたばかり。次回は八月の納涼会、と丸山は言っていた。どうしたのかしらと思う間もなく、受話器の向こうから急《せ》いた声が聞こえた。

「山咲さん、びっくりしないでね。昨晩、丸山先生がお亡《な》くなりになったの。それで今夜、お通夜《つや》になったので連絡網でお知らせしたの」

「え」

　みどりは絶句した。

　克子は手際《てぎわ》よく通夜の場所と時間を伝えると、みどりは連絡網の最後なので他の人には連絡する必要がない由《よし》を告げてから、電話を切った。

　みどりが握りしめた受話器から、電話の話中音が鳴り続けていた。


　人の命ははかないものだ、ということを、誰よりも深く感じていたみどりだったが、丸山の死はあまりにもあっけなくて、不意打ちのようだった。

　丸眼鏡の柔和な顔立ちを思い出す。存在感の薄い、蜻蛉《かげろう》みたいな人だった。

　みどりが腹部をそっと撫でるその指先に、ぴくり、と何かが触れた。

　胎動だ。

　窓を開け放ち、ベランダから外を眺めた。

死にゆく命があれば、生まれ落ちる命がある。こうやって世界は何一つ変わることなく、時だけが流れ去っていく。それは川の流れのようなものなのだろう。

ベランダのプランターから紫蘇《しそ》を一枚もぎ、鼻腔《びくう》いっぱいに香りを吸い込んだ。

快晴。真っ青な空を見上げた時なぜか、空腹感と食欲の歯車がかちりとあわさった。

みどりは紫蘇の葉を二枚むしり、台所に向かう。

今なら、一枚の葉書に阻止された朝食メニューに取りかかれる気がした。

トマトとモッツァレラ・チーズ。紫蘇の千切りにオリーブオイルがけ。みどりの身体が欲しているのか、それともたった今、胎動で自分の意志を伝えた子どもの欲望なのか。そうした区別をつける余裕もなく、みどりは熟れたトマトをまな板に載せ、一心不乱に刻み続けた。まな板の上に流れたトマトの汁は、血のようだった。

☯

通夜は、丸山の自宅で執り行なわれた。丸山らしい住居だった。

狭い公団住宅の一室にぴったりと収まるような少人数の通夜だった。「あらたま」からは、みどりと盛田克子、そして熊田の三人。近所の住人が三人、茶碗酒《ちゃわんざけ》を飲み干している。ひとりは町内会の役員らしくその場を仕切り、ほっそりした年配の女性にいちいち確認を求め、大学ノートに明日の本葬の式次第を書き付けていた。

丸山は独身というウワサだったので、上品な女性の姿を、句会の女性陣は好奇の目でちらちら眺める。

やがて年配の女性が、みどりたちに近寄って、頭を下げた。

「お忙しい中、弟のためにわざわざお越しいただきありがとうございます」

みどりと盛田克子は顔を見合わせた。熊田は露骨になあんだ、という失望した表情を浮かべる。すかさず克子が気を利《き》かせて挨拶《あいさつ》した。

「この度はご愁傷様でした。丸山先生に句会のお世話をいただいて八年になります。最近、お身体の具合があまりよろしくないとはお聞きしていましたが……。つい一ヶ月前の野外句会の時はお元気そうだったので、今はただ驚いています」

丸山の姉は、もう一度丁寧に頭を下げた。

「肝癌《かんがん》が見つかりました半年前には、すでに肺に転移がありまして、治療はできませんでした。お医者さまから、もって三ヶ月と言われたのですが、おかげさまで半年持ちこたえられました。弟は先日の句会を大変楽しみにしておりまして、それが心の支えだったようです。その会を無事終えてほっとしたのか、急に容態が悪化しまして。でもほとんど苦しまず眠るように亡くなったことだけが救いです」

みどりと盛田克子、そして神妙な顔つきの熊田はうつむく。今さら、目の前で弟の死を悼《いた》んでいるその女性に掛ける言葉などあるはずもなかった。

丸山の姉は、文机《ふづくえ》を撫でながら、言う。

「小さい頃から引っ込み思案な子でした。なので、こんな大勢、素敵な方々にお見送りいただけるなんて夢のようです」

みどりは、前回の句会が終わったあとに、車で送ろうといった丸山の申し出を無下に断ってしまったことを、心から悔やんだ。

世話人の男性が、丸山の姉にひとことふたこと告げて姿を消す。その様子を見て、盛田克子と熊田も立ち上がる。みどりも一瞬遅れて立ち上がる。

「ではあたしたちも、おいとまいたします」

盛田克子が告げ、老婦人は頭を下げる。それから、みどりの目を見ながら言う。

「あの、あなたが山咲さま、でしょうか」

みどりはうなずいた。老婦人は続けた。

「少し、お時間を頂戴《ちょうだい》できないでしょうか」

盛田克子と熊田は互いに目配せをし、靴を履いた。

「じゃあ山咲さん、あたしたち先に帰るね」

公団住宅は市の中心部から少し外れにあるが、バスの本数も多く、交通の便は良好だ。みどりだけ置いて帰っても問題ないだろう、と判断したようだ。

ふたりを見送ったみどりは振り返り、丸山の姉に尋ねた。

「御用は何でしょう」

老婦人は淋《さび》しげな、そしてなぜか少しはにかんだような笑顔を浮かべた。

「お目にかかった時からずっとあなたではないだろうかと思っていましたの。すみませんけど、ちょっとお待ちになって」

老婦人は奥の座敷に姿を消した。やがて一通の封筒を手に戻ってきた。若草色の封筒を手渡されたみどりは、宛書《あてが》きに「山咲さま」とあるのを見て、目を見開く。

「文机のひきだしの中にありました。宛名の方にお目にかかり、直接お渡ししたい、と思っておりましたの」

封筒を手渡した老婦人は、丁寧に頭を下げた。

みどりは丸山の家を辞した。

家路に向かう道すがら、手にした封筒の重みが増していく。

丸山がみどりの横顔を見つめていたことに、みどりは気づいていた。丸山は、横顔を盗み見るだけなら相手には気づかれないはずだ、と勝手に信じていた。

丸山は奥手な男だった。横顔でも、いや、横顔だからこそ、熱い視線を感じてしまうという、いろごとの初歩さえも知らなかったのだから。

みどりのこころに波紋を遺《のこ》し、丸山はひとりで勝手にみどりの前から姿を消した。

どうしようもない人だなあ、とみどりは思う。

帰宅すると、夕刊とダイレクトメールと一緒に、丸山の姉から受け取った封筒をテーブルに投げ出す。そこには伸一郎からの葉書が置きっぱなしになっていた。

椅子《いす》に座る。時計が秒を刻む音が部屋に響く。

テーブルの上の若草色の封筒を凝視した。視線の熱で、封筒が跡形もなく溶けてしまえばいいのに、と願うが、そんなことが起こるはずもなかった。

封筒を手に取り、鋏《はさみ》で封を切る。はらりと落ちた一筆箋《いっぴっせん》を拾い上げると、そこには墨痕《ぼっこん》鮮やかに一句、したためられていた。

　逢《あ》いみての夢か静寂《しじま》か蓮見舟《はすみぶね》

みどりは句を見つめ、ため息をついた。

——男って、みんなろくでなし、ねえ。

丸山の通夜を訪れた翌日。

その日、マリアクリニックの待合室は朝から不穏な空気に包まれていた。

上機嫌で朝の挨拶を交わしたユミだったが、診察後はみどりの顔を見ようともせずソファに座り、虚空《こくう》をにらんでいる。ユミの次、若奥様の甘利みね子も診察を終えると、青ざめた顔で待合室に戻ってくる。

みどりが呼ばれ、診察室に入ろうとした時、背中で大きな音がした。見ると、すごい勢いでユミが外に出ていくところだった。

後ろ髪を引かれながらみどりは診察を受けた。腹部エコーで、双子《ふたご》の成長が順調であることを確認し、理恵が結果を告げた。

「以前も申し上げましたが、高齢出産かつ双子はハイリスクなので、帝王切開の適用になります。でも御心配なく。帝華大から腕利きの先生を応援にお願いしますから」

みどりは驚いた。以前も申し上げた通りって、そんな話、初耳なんですけど。

思わず聞き返しそうになる衝動を、あわてて押しとどめる。離れた場所で妙高助産師が器具の後片づけをしている、その背中が大きな盗聴マイクに見えた。

いつもそうだった。理恵はなんでもひとりで決めて、忘れた頃にちょっと報告するだけ。たぶんみどりの気持ちなんてこれっぽかしも考えていないのだろう。ローバーミニを売り払った時も、伸一郎さんとの離婚を決めた時も。

コノ娘ハ、アタシノコトヲ何ダト思ッテイルノカ。

待合室の水槽に目をやる。金魚の隣に、大きな泡がごぶり、と湧《わ》いた。みどりが初めて意識した感情は、これまでも幾度かその匂《にお》いを嗅《か》いだことがある気もする。

理恵と伸一郎の離婚が成立していることが苛立《いらだ》たしい。しかもその決定に自分はなにひとつ関与できなかった。

みどりは理恵を問い詰めたかった。

伸一郎さんと理恵ちゃんが離婚したら、お腹《なか》の子どもの父親としての伸一郎さんに対して、あたしはいったいどう接すればいいの。娘婿《むすめむこ》という肩書きを外れた男性の子どもを妊娠しているということは、あたしにとっていったいどういうことになるの。

みどりの胸に、先日の通夜の席で託された丸山の句がぽかりと浮かんだ。

　逢いみての夢か静寂か蓮見舟

蓮の花が開く時、生命が生まれるのだとするなら、あたしはその音を夢の中で聞いたのかしら、それとも静寂の中で聞きもらしてしまったのかしら。

身繕いをし、椅子に座ったみどりは、現実の理恵に向かって質問をする。

「帝華大からの応援って、あの男前の先生？」

カルテ記載をしていた理恵の背中がぴくり、と揺れた。ゆっくり振り返る。大きな目がみどりを凝視している。

——どうして知ってるの？

その目はそう問いかけていた。だが理恵はその疑問を口にすることはなかった。

診察室を出ていくみどりの背に、理恵の視線が追いすがる。その視線は、突然開け放たれた扉に断ち切られる。扉の向こうには、敵意で目をきらきらさせた青井ユミと、デイパックを抱えて佇《たたず》むコージの姿。傷ついた番《つが》いの野獣のカップルだ。

ユミに会釈《えしゃく》をし、みどりは部屋を出ていく。ユミはまっしぐらに理恵の机に向かう。診察室の外に出たみどりは振り返る。静かな目でユミを迎え撃つ理恵の顔が見えた。

次の瞬間、扉は閉ざされた。

要注意人物である妙高助産師が気を利かせて閉めてしまったに違いない。

みどりは、公園のベンチにひとり座っていた。

真っ青に晴れ渡った空。強い陽射《ひざ》しの下で、紫陽花《あじさい》の花は生彩を欠いている。

自分が今、このベンチに座っていることには、何らかの意味がある。そんな予感があった。だからその時がくるまでは何も考えずにこうしてぼんやりしていればいい。

紫陽花の厚手の葉を見つめ、自分の下腹部をながめる。ここのところ目立ってきたが、ルーズな服を着ているので、多少太った程度にしか見えない。

句会の講師、丸山の死去は、みどりの中に小さな空白を生んだ。このまま定例句会が続けば、みどりの出産が秘《ひそ》かに話題になっただろう。そう考えると、このタイミングで丸山や句会のメンバーとさよならができたのは僥倖《ぎょうこう》だった。

同時に、理恵と伸一郎の離婚によって、宙ぶらりんな状態に放り出されている。

どちらも同じ話なのだ、とみどりは気がついた。

軛《くびき》を解き放て。

ならば、とみどりは考える。

たぶん、理恵と伸一郎の離婚によって、自分はよりいっそう自由になる。ちょうど句会が自然消滅することで、自由な時間が返却されたように。

みどりの思考はそこで中断した。

強い視線にさらされたみどりは、ゆっくりと顔を上げる。

そこに立っていたのは予感通り、青井ユミだった。

「おばちゃん」

ひとこと言うと、みどりの足元に崩れるように、膝《ひざ》にしがみついてきた。

みどりは呆然《ぼうぜん》とユミを見つめた。まるで映画の中のワンシーンだ。

でも、映画ではない。ユミのぬくもりは、確かに自分の手の中にある。

「どうしたの。何でも言いなさい。おばさんでよければ聞いてあげる」

みどりは、ユミの髪を撫《な》でている自分の姿を、遠くの観客席から眺める。

泣きじゃくるユミの言葉は錯綜《さくそう》していてなかなか全貌《ぜんぼう》が摑《つか》めなかったが、ようやく理解したところでは、理恵はユミに堕胎を勧めたらしい。それをユミが憤《いきどお》っている。

みどりは不思議に思って、尋ねる。

「でも、ユミさんはこの間までは堕《お》ろしたいと言ってたんでしょう」

デリカシーに欠けるとは分かっていたが、今はそれが相手に届く一番の言葉であると同時に、混乱しているユミに明確な座標軸を与える言葉に違いない、と思えた。

ユミは泣きじゃくりながら、答える。

「だって、ここまで大きくなったんだよ。あたし、もう産むって決めたんだもん」

「曾根崎先生は、堕ろしたがってたユミさんに、堕ろす前によく考えなさいって言ったんでしょ。どうして曾根崎先生はいきなり言うことを変えたのかしら」

それはみどり自身の素朴な疑問でもあった。論理的な理恵が、それまでと違うことを言うのには、それなりの理由があるはずだ。

ユミは大きな目を見開き、みどりを見つめ、吐息のような言葉を吐き出した。

「それは……あたしの赤ちゃんに両腕がないことがわかったからよ」

みどりは思わずユミを見つめた。

——そりゃ、理恵も意見を変えるわよね。

次の瞬間、ユミの言葉がほとばしり出る。

「信じられないでしょ、両腕がないことくらいで堕ろせだなんて。どうしてそんな冷たいこと言えるかな。あたし、もう誰も信じられない」

何を言っているの、この娘？

かつてあれほど堕ろしたがっていたユミの気持ちは、百八十度ひっくり返っている。

「理恵先生ってひどいよ。どうして……」

みどりはうなずいたけれども、理恵の判断はもっともに思えた。ということはつまり、理恵の冷たさをみどりも共有していることになる。

みどりはユミの髪を撫でながら言った。

「ごめんなさいね、ユミさん。あんな、人のこころがわからないお医者さんで」

「おばちゃんが謝ることじゃないわ」

ユミの言葉にみどりは首を振り、静かに言う。

「ううん、やっぱりごめんなさいなの。だって理恵先生はおばさんの娘なんだもの」

泣きじゃくっていたユミが、ぴたりと動きを止めた。

顔を上げると、涙に濡《ぬ》れた目で、みどりをまじまじと見つめる。

「おばちゃん、今、何て？」

みどりはユミの濡れた視線を受け止めて、はっきりと言った。

「理恵先生はあたしの娘。つまりあたしは理恵先生のお母さんなの」

しばらくみどりを見つめていたユミは、はっとした表情になると、みどりの膝を抱えていた腕を伸ばして、みどりの膨らんだ腹部に触れた。

「おばちゃんは理恵先生のお母さん。そしてそのおばちゃんが娘の代理母をしてる。ということは……」

みどりはユミの髪を撫でながら、うなずいた。

「そうよ。お腹の赤ちゃんは理恵先生の赤ちゃんなの」

ユミとみどりが並んで座る木陰のベンチを、涼風が吹き抜けていく。

みどりが言う。

「やっぱり母娘《おやこ》ね。あたしも理恵先生の言うとおりだと思う。障害がある子を育てるのは大変よ。堕ろすという可能性を考えるのは、決して罪深くはないわ」

「そうやっておばちゃんに言われちゃうと、反論できないんですけど」

ユミは顔を上げ、泣きはらした目でみどりを見つめて、続ける。

「でもね、産みたい、って思っちゃったんだなあ。そうしたらもう止められなくて。両腕がなくたって死なないよ。あたし、産みたいの。名前もつけちゃったもん」

「なんて名前にしたの?」

「タク」

即答だった。みどりは、自分のお腹にいる、ふたりの〝しのぶ〟に声を掛ける。

ユミさんは、男の子だって決めてるけど、女の子だったらどうするのかしら。

「コージ君はどう考えているの?」

「たぶんあたしと同じ考えだと思う。大丈夫よ」

語尾で、大丈夫という言葉が震える。みどりは言う。

「あんまり当てにしない方がいいんじゃないかしら。コージ君はユミちゃんのお腹の子の本当のお父さんじゃないんでしょ。そういうのって何となくわかっちゃうのよ」

「心配ないよ。今日はバイトだから相談しなかったけど、堕ろさないって決めれば、もうそんなにあわてることもないし。それにコージはもともと堕ろすことには反対してたんだし」

ユミは自分に言い聞かせるように答える。みどりは言う。

「ユミさんが自分で決めたなら、おばさんにはそれ以上いうことはないわよ」

ユミはようやく笑顔になった。

「やっぱり、おばちゃんと理恵先生は親子なんだね。言い方がそっくり」

みどりは虚を衝《つ》かれたように、ユミを見つめた。

その晩、みどりから理恵に電話を掛けた。それはとても珍しいことだった。

みどりはいつも、理恵からの電話を待っていた。忙しい理恵は家にいることが滅多になかったので、みどりから電話を掛けても通じないことがほとんどだったからだ。

するとやはり珍しいことに理恵が出た。時計を見ると午後九時だ。ふつうの勤め人なら当然家にいる時間だが、理恵のふだんの仕事ぶりからすると奇蹟《きせき》だった。

「ちょうどよかった。今、電話しようと思っていたの。帝王切開《カイザー》の件よね？」

うなずいたみどりは、受話器の向こうには見えないことに気づいて、小声でつけくわえる。

「そうよ。さすがに今夜くらいは掛けてこなければ、あんまりだと思うわ」

理恵は早口で続ける。

「ごめんごめん。説明が遅れちゃったけど、ママには帝王切開を受けてもらうことにしたの」

「昼間、突然聞かされてびっくりしちゃったわよ」

「うっかりしちゃった、話してたつもりだったから。でも心配しないで。昼間も言ったとおり、帝華大の腕利《うでき》きの先生に応援をお願いしてあるから」

シルバーグレーのスポーツカーから降り立った長身で華やかな男性の姿を、みどりはちらりと思い浮かべる。そしてもう一度、昼間の言葉を繰り返す。

「あの、男前の先生ね」

受話器の向こう側で理恵が息を呑《の》んだ。わざと明るく軽い調子で、理恵は言う。

「それって昼間も言ってたけど、いったい誰のことを言ってるの？　清川先生とは会ったことないでしょう？」

「理恵ちゃんが休診した時にお手伝いにクリニックに来てくれた先生でしょ？」

受話器が沈黙した。それから低い声で、答える。

「あの日、クリニックに来たの？」

「うっかり、行っちゃったの。そしたら銀のスポーツカーから男前の先生が降りてきて、クリニックに入ったってわけ」

受話器の向こう側で安堵《あんど》のため息がこぼれた。

「そうだったの。清川先生の外来診察を受けたわけじゃないのね」

「もちろんよ。受診したらダメだったの？」

「清川先生は私のボスよ。帝華大の先生って大学の威光だけで威張る先生が多いけど、清川先生は見識と実力も兼ね備えていて、ウチには珍しいタイプね」

「ふうん、それならなおさら一度診てもらえばよかったかな」

「ダメよ、ママは規則違反の代理母なんだから。清川先生の診察なんか受けたら、一発で見破られてしまうわ」

やはりそれが清川との接触を避けた理由なのね。

みどりは納得したが、同時にもやもやした感情も残った。わざと明るい声で尋ねる。

「事情はわかったわ。で、どうすればいいの？」

「前日はウチに泊まればいいわ。帝王切開後はふつう一週間ほど入院が必要だけど、クリニックは入院患者を受け容《い》れていないから、特別入院で処置をするつもり。といってもスタッフはいないから、私も一緒に泊まり込むことになるんだけど」

「生まれた赤ちゃんの面倒は誰がみるの」

「妙高さん。実力も経験もある助産師さんだから心配いらないわ」

ふたりの間に沈黙が流れた。

「来月の診察って七夕さまよ。気がついてた？」

「へえ、そうなんだ」

気の抜けた返事。みどりはさりげなく続けた。

「でね、せっかくだから、診察を受けた後、また理恵ちゃんの家に泊まろうかな、と思って」

「いいよ。何かあったら、この間みたいに出ちゃうけど、それでよければ」

「もちろんよ」

みどりがうなずくと、唐突に電話が切れた。結局、理恵は最後まで伸一郎と離婚したことを、みどりに報告はしなかった。意図して触れなかったというよりは、もはや理恵にとってその決断は大事件として認識されていないし、また、みどりには話す必要もないことだ、と決めてしまっているかのような話し方だった。

受話器を耳に当てたまま、みどりは耳の奥に響く風の音に耳を澄ましていた。みどりの視線は、遠くて近い未来の光景を予見していたが、そのビジョンは、それを見ているみどり自身さえ、何を意味しているのか、まったく理解できなかった。

九章　温風至

晩夏・小暑初候

「というわけで、母体の負担と安全を考え、帝王切開は九月上旬とします。それにその辺りでないと、お手伝いの清川先生のご都合がつきませんので」

理恵の事務的な口調にみどりはうなずく。ここでは無愛想な患者に徹しよう、とみどりは決めていた。ちらりと、理恵の側に立つ妙高助産師を見た。彼女の視線は見るともなしにみどりのことをしっかり観察しているような気がしてならない。

診察が終わると、理恵は妙高助産師の目を盗んで、診察室を出ていくみどりに鍵《かぎ》を手渡した。

会計を済ませて外に出ると、先に帰ったはずのユミが立っていた。腹部はぽってりせりだして、今やどこから見ても立派な妊婦だった。

ユミは手に笹《ささ》を持っている。近所の公園から取ってきたのだろう。みどりは、今夜は七夕だと思い出す。笹の小枝を振り回しながら、言う。

「おばちゃん、ちょっと話があるんだけど、顔貸してくんない？」

うなずいたみどりの頭にその時、ある考えが浮かんだ。

「あら、偶然。おばさんもユミさんに話があるんだけど、顔を貸してくんない？」

ユミは怪訝《けげん》そうな顔でうなずいた。


「ゴーヤなんて、食べたことないよ」

「ちょっと苦いけど、美味《おい》しいわよ。夏には夏の野菜を食べると、身体《からだ》も赤ちゃんも喜ぶのよ」

理恵のマンションの近くのスーパーで、ユミとみどりは仲良く買い物をしていた。みどりは買い物籠《かご》をユミにもたせ、時々立ち止まっては大きく伸びをして、腰のあたりをとんとんと拳《こぶし》で叩《たた》く。最近、腹部が膨らんできたのと並行するように、持病の腰痛《ようつう》が時々顔を出すようになっていたのだ。ユミはカットされたパイナップルを取り上げ、躊躇《ちゅうちょ》しながら買い物籠に入れる。それからおずおずと尋ねる。

「本当にいいの？　お昼までご馳走《ちそう》になっちゃって。それに今から行くのって、理恵先生のお家なんでしょ？　あたしなんかが行っちゃったりしても大丈夫？」

「いいのいいの。理恵が大きくなれたのも、おばさんが一生懸命面倒を見たからよ。こんなことでごちゃごちゃ言うような娘には育てた覚えはありません」

ユミはさくらんぼのパックを入れた。みどりは卵と豚肉の小間切れを籠に入れる。それから思いついてそうめんとめんつゆを籠に加えた。最後は一キロの米袋だ。

みどりはレジ横の色紙を追加する。ユミが手にした笹の小枝を、女の子がうらやましそうに見ていた。ユミは笹の枝を振り回しながら、その子に話しかける。

「この笹がほしいの？」

女の子がうなずくと、ユミは気前よく笹を手渡した。女の子の顔がぱあっと明るくなる。となりにいた女の子の母親が言う。

「よろしいんですか？」

「いいのいいの。あたしは帰りにまた取ってくるからへーキ」

「ありがとうございます。よかったね、由美《ゆみ》ちゃん」

そういって女の子の頭を撫《な》でた母親を、ユミは思わず見つめた。

「へえ、由美ちゃんなんだ。お姉さんもユミって言うんだよ。なーかま、だね」

女の子は嬉《うれ》しそうにうなずいた。会計を終えた品物を買い物袋にしまい込みながら、みどりはその光景を見つめていた。

回り道して公園で笹を手に入れてから理恵の部屋にたどりつく。

部屋に入るなり、ユミは声を上げた。

「うわあ、とっ散らかってるね。あーあ、ビールの空き缶ばっか」

理恵が寝酒にビールを飲むのは学生時代からだった。だが一日一本、ストレスが溜《た》まっている時だけのナイトキャップのはずなのに、空き缶の数は多かった。

ユミが片づけ始めると、あっという間にテーブルの上はきれいになった。みどりは持参したエプロンをユミに渡しながら言う。

「お料理をするから、ユミさんも手伝って」

受け取ったエプロンを広げてユミが言う。

「うわ、キティちゃんか。おばちゃんって意外に少女趣味だね」

みどりはユミの頭をこつんと叩く。

「無駄口はきかないこと。とっとと料理を始めるわよ」

ごつごつした緑のゴーヤは、包丁で切ろうとすると、かなりの手応《てごた》えがある。ユミに切り方のコツを教えると、すぐに慣れてさくさくと切り整えていく。

「ユミさん、上手ねえ」

「おばちゃんに言われると、なんだか嫌味に聞こえるなあ」

まんざらでもない様子で、ユミはゴーヤを切り続けた。

「フライパンに油を引いてから、火を点《つ》けてね」

みどりの指示に素直にしたがっていたユミは、その指示になぜか躊躇する。それからおずおずとした手つきでフライパンにゴマ油を入れ、レンジに載せる。

「おばちゃん、ガスの口がないみたいですけど」

「このマンションは電気コンロなのよ」

ユミはほっとした表情で言う。

「そうかあ。それなら任せて」

フライパンからじりじりと焦《こ》げた音が上がり始める。豚肉を入れ、続いてゴーヤを入れる。油が焦げる匂《にお》い、肉が焼ける音。たどたどしい手つきでユミはゴーヤと豚肉を炒《いた》める。渡された粗塩をぱらぱら振りかけ、溶き卵をフライパンに流し込む。

数分後、電気コンロのスイッチを切った。

「さあ、食べましょう。ユミさん、ご飯をよそってね」

「はあい」

素直に返事をした次の瞬間、ユミは「あちゃあ」と大声を上げる。

「どうしたの？」

ユミは頭を掻《か》きながら答える。

「ごめん。炊飯器のスイッチ、入れ忘れてた」

みどりは力無く微笑した。

「しょうがないわね。じゃあ、早炊《はやだ》きスイッチを入れて」

ユミが二度ボタンを押すと、ピーという電子音と共に、炊飯器が起動した。


「もしかしてあたしってば、料理の天才？」

少し冷めたゴーヤチャンプルをほおばりながら、ユミはご飯のお代わりを差し出す。旺盛《おうせい》な食欲に見とれたみどりは茶碗《ちゃわん》を大盛りにして返す。

「そうかもね。初めてのゴーヤチャンプルがこんなにおいしいなんて、すごいわよ」

「お腹《なか》がすいて目が回りそうだったから気がつかなかったけど、理恵先生ってすごくたくさん本を持ってるんだね」

みそ汁を飲み干し、ユミは部屋を見回す。壁一面の本棚には隅に小説が四、五冊ほど見受けられたが、あとはほとんど医学書だった。

「そういえば子どもの頃から本は大好きだったわ」

「やっぱり頭がよくないとお医者さんにはなれないんだよね」

「理恵が言うには、医学部に受かるには頭がよくないとダメだけど、いいお医者さんになるにはハートがよくないとダメなんだって。でも入学試験があぁいう風だから、頭がいい人ばかりが医学部に入ってきて大学では困ってるんですって」

「ふうん。じゃああたしにもお医者さんになる資格はあるかな」

「ユミさんはお医者さんになりたいの？　だいじょうぶ、きっとなれるわよ」

「やだなあ、冗談だよ。あたしみたいなバカには絶対無理に決まってるし」

ユミの目に一瞬、淋《さび》しそうな光が浮かんだのを、みどりは見逃さなかった。

「確かに今から医学部に入るのは難しいかもね。でも、ユミさんは優しいから、お医者さんを助けるお仕事をすれば？」

「看護師さんのこと？　無理無理。だってあたしバカだもん」

そんなことはない、ユミには他人を思いやる気持ちがある、と思う。ひょっとしたら理恵よりずっと。だがみどりは口にしなかった。

みどりは明るい声で言う。

「看護師さんも国家試験があるけど、初めから諦《あきら》めるのはどうかしら。薬剤師や技師さん、調理師さんとかクラークさんとか秘書さんとか、医者を助ける人たちはまだまだ他にも大勢いるわ。そういう人たちの支えがないと病院はうまく回らないの」

「ふうん、秘書さん、ねえ」

「あのクリニックでは妙高さんは助産師さんだけど、カルテ整理や道具の後かたづけもしてる。事務的な手助けは、医療事務という別の資格があるらしいけど」

「そうなんだ……」

ユミは呟《つぶや》いた。ふたりの会話はそこで終わった。

台所で茶碗を洗い終えて食卓に戻ると、ユミが色紙を切って作った短冊《たんざく》を差し出した。ふたりで願い事を笹に吊《つる》そう、というのだ。

今宵《こよい》は七夕だった。

受け取った紙に書かれた文を見て、みどりは思わず息を呑《の》んだ。

――タクに腕が生えますように。

丸文字、最後の句点はハート型だ。みどりは短冊を、窓際《まどぎわ》に立てかけた笹の小枝に吊した。

「おばちゃんは、自分の願いごとは書かないの？」

みどりは振り返ると笑う。

「おばさんくらいの年になると、願いごとなんてなくなってしまうのよ。それよりもユミさんの相談って、いったい何？」

「おばちゃんの方が先に言いなよ」

「こういうのは年下が先に話すのが礼儀よ。お昼をご馳走になった恩義があればなおさらよ」

ユミは肩をすくめて言う。

「わかったよ。意外にセコいんだから」

ユミはパイナップルをひと切れ、口に放り込む。

「あのね、おばちゃん、あたし、タクを産むことに決めた」

それくらい、顔を見ればわかるわよ、と言いそうになって、みどりは自制する。

「本当はタクがきちんと産まれるか心配だったけど、バアちゃん先生が大丈夫って言うからさ。だけどコージには逃げられちゃうし、フライパンは焦がしてボヤになりかけちゃうし、産もうと決めてからは、さんざんなの」

みどりの脳裏に、茉莉亜院長が優しくユミを諭している光景が浮かんだ。

やっぱりコージ君は逃げたわね。ヤッてもいないのに父親役を振られたら、逃げ出して当然。たとえヤッてても、あの若さでいきなり父親になる覚悟がある男の子なんてほとんどいないもの。

ユミの表情を盗み見る。障害があることを知りながらも産もうという心意気は感動的だ。だが現実は、未婚の母となるユミを支えてくれる人はいない。

この娘はいったい、これから先、どうやって生きていくのだろう。

みどりの内心の問いを見抜いたかのように、ユミが言った。

「でね、これから先、どうやって稼げばいいのか、おばちゃんに相談したかったんだ。でも、もういいや」

「どうして？」

ユミは朗らかに答える。

「おばちゃん、教えてくれたじゃない。病院にはお手伝いさんが必要だって。だったらあたしひとりくらい雇ってもらえるかな、なんて思ったりして」

「どこか、あてはあるの？」

「やだなあ、あたしが勤めたいっていったら、マリアクリニックに決まってるわ」

みどりは呆然《ぼうぜん》とした。ユミは楽天的すぎる。一瞬迷ったが、ユミに告げる。

「知らなかったのね。あのクリニックはあたしたちが出産を終えたら閉院するの」

ユミは衝撃を受けた表情になって尋ねる。

「どうしておばちゃんがそんなこと知って……あ、そうか。おばちゃんは理恵先生のお母さんなんだっけ」

いずれわかる事実だから、すぐ伝えた方が傷が浅いかと思ったのだが、ユミの表情の変化を見て、このタイミングでは酷だった、と反省する。

ユミは顔を上げて、強い口調で抗議する。

「どうしてあんないい病院が潰《つぶ》れちゃうの」

「産婦人科は良心的な病院ほど苦労してる。人手が足りない中で無理に診療すれば事故がおこる。それなら閉院してしまった方がいいというところが増えてるの」

「でも、理恵先生は逃げ出すような人に見えないけど」

ユミの人物洞察力はなかなか鋭い。言い抜けではごまかせないと思ったみどりは、仕方なく理恵が教えてくれた理由を話した。

「茉莉亜院長先生が御病気で、あまり長くないらしいの」

「やっぱそうなんだ」

今度はみどりが驚く番だった。

「知ってたの？」

「さっき、バアちゃん先生にぎゅって抱き締めてもらったんだけど、その時、声が聞こえたんだ。私はもう長くないけど、タク君はだいじょうぶだよ、ってね」

みどりはユミを見つめた。ユミは途方に暮れた顔になった。

「どうしよう。そしたら、あたしみたいなの雇ってくれるところなんてないわよね」

ユミが理恵を信頼していることは、理解できた。ユミは顔を上げる。

「ま、いっか。まだ先の話だし。ところで、おばちゃんの相談って、何？」

ユミの声に、窓際に飾られた笹《ささ》の小枝がさらさら揺れる。紫の短冊に書かれたユミの願い事がしなやかな枝をたわませている。

みどりが相談したいことは、本当なら理恵にするべきなのだが、相談した瞬間に、みどりの言葉はあっという間に封じ込められてしまうだろう、とわかっていた。

みどりは躊躇《ためら》ったが、ユミにすがってみようか、という気になった。

「あたしが理恵先生の代理母をしてるって話は覚えてる？」

「あったりまえでしょ。あんな衝撃的な告白、忘れられないよ。だいたい、理恵先生が結婚していたなんて夢にも思わなかったんだから。理恵先生の相手ってどんな人？」

「とっても頭がいい人で、マサチューセッツ工科大学で学者さんをやってるわ」

「じゃあ理恵先生は単身赴任なんだね。あ、違うか、旦那《だんな》さんの単身赴任なのか。ま、どっちでもいいけど、別居夫婦の代理出産って何だかすごいね」

ユミは短い言葉で鮮やかに現状を描き出す。これで話がしやすくなった。

「でも、おばさんは困ってるの。理恵先生とその人が離婚しちゃったから」

「えええ？」

ユミは目を見開いて、みどりを見た。それからみどりに尋ねる。

「じゃあシンケンはおばちゃんのものになるわけ？」

シンケン、という耳慣れない単語を咀嚼《そしゃく》して、〝親権〟だと思い当たる。どうやら歳時記の中にない言葉に対しては、みどりの認識力はひどく低下しているようだ。

「それも悩みの種。法律上はおばさんがお腹の子どものお母さんになるんだから」

「おばちゃんが産むんだから当たり前じゃない。何が問題なの？」

「だって卵子は理恵先生ので精子は伸一郎さんのなのに、どうしておばさんがお母さんになるのよ？」

「へえ、理恵先生の旦那さんって伸一郎さんっていうんだ」

ユミは一瞬、遠い目をした。それから現実に戻ったのか、「ああ、そうか」と呟く。

「言われてみれば大変だね。でも赤ちゃんを産むのはおばちゃんだから、おばちゃんがお母さんでもいいんじゃない？」

　それからユミは小声で言う。

「あ、やっぱダメダメ。そうなると娘の旦那さんとヤルことになっちゃうし。あ、これも違うね。まだヤッてないんだっけ。そっか、そうするとおばちゃんってコージと似たような立場になるわけね。そりゃ大変だわ」

　娘の旦那とヤル、という言葉がみどりの耳に生々しく残った。みどりは気色《けしき》ばむ。

「何言っているの。おばさんはただの代理母よ」

「代理母って時点で、ただの、っていう形容詞は違うと思うんですけど」

　一瞬、不穏な空気が漂った。それを感じ取ったのか、ユミが補足する。

「ま、おばちゃんが大変な立場になったということはわかった。それなら答えは簡単。子どもをどっちが引き取るか、ふたりに決めてもらえばいいのよ」

　単純明快な言葉を聞いて、みどりの気持ちはすとんと落ちた。相談してみてよかったと思う反面、いくばくかの割り切れない思いも残る。

　——それじゃあ、あたしの気持ちはどうなるの？

　ユミは、朗らかに続けた。

「そっか、理恵先生は離婚しちゃったんだ。やっぱ、カンが当たったかな」

「なによ、ユミさんのカンって」

「この前受診した時、理恵先生の代わりに来た先生がいたじゃない。あたし、あの人が理恵先生のカレシじゃないかなって思ったんだ」

「どうして？」

みどりはぎょっとして尋ねる。実はみどりも何となくそう感じていたからだ。

「だってあの先生が言ってたもん。理恵先生には敵《かな》わない、自分よりずっと偉いって。男の人がそんな風に余裕かますときって、たいていヤッた後なのよね」

みどりはユミの解釈に啞然《あぜん》として、ユミを見つめた。そしてぼんやり考える。

——滅茶苦茶《めちゃくちゃ》な推測だけど、案外図星かも。

◐

「あれ、どうしたの？　灯りもつけないで」

帰宅した理恵が部屋の灯りを点《つ》けると、暗闇《くらやみ》の中でひとり座っていたみどりの姿が浮かび上がった。十時を過ぎている。

みどりはその質問には答えず、逆に訊《たず》ねた。

「おかえり。晩ご飯は？」

「要らない。ふだんから、晩はあんまり食べないんだ。遅くなってごめんね」

理恵は冷蔵庫から缶ビールを取りだし、一気に飲む。白い喉《のど》がごくりと動く。

「あ、ゴーヤチャンプルだ。ママがこれ作ったの、初めてじゃない？」

理恵はテーブルに置かれた箸《はし》で肉とゴーヤをつまみあげ、口に放り込む。

「うーん、おつまみにぴったり。シャワーを浴びてくるね」

ビールを飲み干すと、理恵は鼻歌を口ずさみながら姿を消した。


シャワーから戻った理恵は、長い髪をタオルで拭《ふ》きながら、ゴーヤをひとつまみ、口に投げ入れる。その様子を見ながらみどりは言う。

「理恵ちゃん、ちょっと話があるんだけど」

「何よ、改まって」

「伸一郎さんと離婚したって、本当なの？」

理恵は鼻歌を止めた。そして、みどりの前に座ると、みどりをまじまじと見つめた。

「何で知ってるの？　というより、どうやって伸一郎からそのことを聞いたの、と尋ねた方がいいのかな」

語尾はひとりごとのようだった。みどりは言う。

「今回の件で、手紙のやり取りをお願いしたから、伸一郎さんが報告してくれたの。そんなの当たり前よ。理恵ちゃんがあたしに言わなかった方が非常識なんだから」

みどりにしては珍しく、きっぱりと理恵を非難した。理恵はあっさり答える。

「ママによけいな心配をかけたくなかったの」

「でも、お腹《なか》の子のお父さんの意見を聞かないと、どうしようもないでしょう？」

「ふつうなら、ね」

理恵は笑顔で答えた。

「でもママも知ってるでしょ。伸一郎はふつうの夫じゃないわ」

みどりは黙る。確かに伸一郎に常識は通用しない。だからこそ伸一郎は理恵の提案をためらうことなく呑《の》んだのだろうし、であればみどりがとやかくいうことではないのかもしれない。だが、ここで理恵に言いくるめられたら、何か大切なものを見失ってしまう、そんな気がした。

みどりは言う。

「伸一郎さんがふつうじゃないことは認めるわ。だけどあたしはふつうの女なの」

理恵は不思議そうな顔でみどりを見た。

「ママは関係ないじゃない」

「関係あるわよ。だってあたしはあなたたちの代理母なんだから」

理恵は虚を衝《つ》かれたように黙りこむ。その様子をみてみどりは確信する。

――やっぱりこの娘は、あたしのことなんて眼中になかったんだ。

みどりはたたみかけるように言う。

「日本の法律では、赤ちゃんを産んだ女性が母親になるんでしょ。だったら代理母のあたしは、双子《ふたご》のお母さんになる。その立場から、この離婚にいいたいことがあるわ。まず、あたしは、これから伸一郎さんとどうやって接すればいいの？」

理恵はみどりの激しい口調に目を見開く。やがて静かに口を開いた。

「確かにママへのお願いはふつうじゃないから、配慮しなければいけなかったわね。でも、この問題はママが子どもを無事に産んでくれれば簡単に片づくわ」

「どうして？」

「子どもはふたりとも私が引き取るから」

「こんな生活で、子どもを育てられると思っているの？」

「シッターを雇えば何とかなる。何ならママが一緒に住んでくれてもいいけど」

この娘はあたしをシッター程度にしか見ていなかったのか。苛立《いらだ》ちを隠さず、みどりは尋ねる。

「子どもをふたりとも理恵ちゃんが引き取ることに、伸一郎さんは同意してるの?」

「伸一郎とはまだ相談していないけど、私が申し出れば同意するはずよ」

「何でそんな風に言い切れるの」

「伸一郎のことを誰よりも理解しているのは、この私だから」

　みどりの中で凶暴な感情がどろりと頭をもたげた。長い間、みどりの中で醸成され、発酵し続けた感情の澱《おり》だ。自分の体内に封じ込めていた感情が、理恵のひとことで凝結し、明確な輪郭を成した。

　――コノ娘ニ子ドモヲ渡スワケニハイカナイ。

　みどりは言った。

「伸一郎さんに事前に確認はしていないのね」

　理恵はうなずく。みどりはきっぱりと言い放つ。

「わかった。理恵ちゃんがそんななら、お腹の子どもは理恵ちゃんに渡さない」

　理恵は呆然《ぼうぜん》とみどりの顔を見た。

「なに言ってるの、ママ。急にどうしちゃったの?」

「それはこっちの台詞《せりふ》よ。お腹の子どものことも考えずに勝手に離婚するわ、相手の意思も確認せずに親権を決めるわ、理恵ちゃんのやってることは滅茶苦茶じゃない。

そんな無責任なひとに大切なこの赤ちゃんは渡せないわ」

理恵はため息をついた。

「子どもは渡さないって、ママはいったいどうするつもり？」

「あたしがこの子たちを育てるわ」

「いくらママがいきまいても、お腹の子どもの母親は私なんだから無理よ」

みどりは理恵を見つめた。それから静かに続ける。

「でも法律上は赤ちゃんを産んだお母さんであるあたしが母親になるんでしょ？」

理恵は驚いた表情でみどりをまじまじと見つめた。やがて、静かな声で答える。

「それこそ滅茶苦茶な論理よ。卵子提供者が母親だということは生物学的な常識よ。医学のことをあまりよく知らないママですら、納得してたじゃない」

「確かにあの時、理恵ちゃんの説明を聞いて、あたしは納得したわ。だけど現実はそうじゃないんでしょ？　それはなぜ？　その言い分が通る理由もあるからでしょ？　そしたら世の中はあたしの方が正しいと思うんじゃないかしら」

みどりは歌うように言う。

「お腹の子の母親はだあれ？　それはあたし」

理恵はみどりの笑顔を凝視する。そしてため息をついた。

「確かにその方法を取られたら勝ち目はないわ。でもママは私に従うしかないの」

「お腹の子が自分の子どもだと、あたしが主張しても？」

理恵はうなずく。みどりは質問を重ねる。

「こうしてあたしが妊娠しているのに？」

理恵は首を振る。

「現実にはママが妊娠した事実はないし、双子を産むのは、私、曾根崎理恵なの」

「それってどういうことなの？」

「あのね、正式な病院のカルテには私の妊娠が記録されているの」

理恵がテーブルの上に四角を描くと、ゴーヤチャンプルの皿の隣に、半透明のカルテが浮かび上がった。手に取ることができないカルテを見ながら、みどりは尋ねる。

「理恵ちゃんの妊娠？　どういうことよ、それ？」

「カルテの上では、双子は今、私のお腹で育っていることになってるの」

「じゃああたしのカルテは？」

「人間ドックの健康診断項目が記載されているわ」

「それって不正じゃない」

理恵は笑う。

「不正というのは費用請求のときに生じるものよ。ママの診療は茉莉亜先生からの特別ボーナス代わりに自由診療をしていいと言われたその申し出を適用してる。つまり私は趣味で無料診療をしてるわけ。だからカルテ記載の義務はないの」

みどりは真っ白になるまで唇を噛《か》んだ。そしてやっとの思いで言葉を吐き出した。

「……理恵ちゃん、あんたって子は」

みどりの呟《つぶや》きを押し潰《つぶ》すように、理恵は続ける。

「びっくりした？　ごめんね、いろいろ細かいことを伝えてなくて。でもわかったでしょ。ママは、余計なことを考えずに、赤ちゃんを無事に産むことだけに集中してくれればいいの。産まれてしまえば、ママが双子を妊娠した事実も、代理出産問題も消える。だから前にも言ったの。ママは何も心配する必要はないのよ、って」

みどりは最近とみに張ってきた自分の腹部を撫《な》でていた。このまま理恵の思い通りになってしまったら、どうなってしまうのだろう。そんな未来なんて見たくない。

だがみどりは、ふと自分の手の中に切り札があることに気がついた。

そう、現実に妊娠しているのは理恵ではない。みどりなのだ。

「理恵ちゃん、確かにすごい計画ね。でもあなたの考えには決定的な落とし穴がある。もし今、あたしが誰かに代理母であることを告白したらどうなるの」

理恵は笑顔で答える。

「その時は私の計画も終わるわね。でもママは誰にも話していないし、これから先も誰にも話さないはずよ」

「どうしてそんな風に言い切れるの？」

「ママは、社会のルールに従って生きてきた人よ。代理母は法律の枠組みの外側のことだけど、ルール違反の境界線上の出来事だから、ママが、そんなことを、周囲にぺらぺら喋《しゃべ》るとは思えないわ」

図星だわ。でもそれなら次の一手はどうするのだろう。

「わかった。それじゃあもしもママが、理恵ちゃんのところ以外の産院で出産することにしたらどうする？」

理恵は目を大きく見開き、みどりを見つめた。

「まさか、本気じゃないでしょうね」

「本気かもよ。理恵ちゃんから双子ちゃんを取り返すためなら何だってやるかも」

理恵はみどりを凝視し続けたが、やがてぽつりと言った。

「それは確かに可能なオプションね。でも、ママはやっぱりその手も打てないの」

「どうして？」

「そんなことをしたらママは野良《のら》妊婦になってしまうから」

「野良妊婦？」

　理恵はうなずく。

「定期健診も受けず、産気づいたら手近な産院で産むような、わがままな妊婦よ。お産の費用を払わずに逃げたりする礼儀知らずの野良猫みたいな人たち。だから人呼んで野良妊婦」

　理恵の言葉の冷ややかさに、みどりは身体《からだ》を震わせる。理恵は続ける。

「そんな言い方をしたら野良猫に失礼かも。野良猫は自分の子どもの面倒はきちんとみるもの」

　みどりは理恵の仮想敵を擁護する。

「でも、お金がない人も多いから……」

「確かに本当に困っている妊婦もいるわ。でも、ハイパーマンランドで遊びまくって産気づいた野良妊婦もいる。遊園地の入場料は払っても、お産の費用は払わずに済まそうとする。そんなあさましい人たちも患者だから大切に、なんて建前ばかり言われ続けたら、現場の医者はやってられない。みんな壊れてしまうわ」

　理恵は感情の脱落したような抑揚のない声で言葉を続ける。

「そういう人に限って、お産でトラブると産院を訴えたりする。もう滅茶苦茶《めちゃくちゃ》よ。だから産院がどんどん閉院してるの。お産は予約制になり、健診を受けててもその産院でお産ができないことだってあるのよ。ママ、知ってた？」

みどりは首を振る。

「ママが今、私の元を離れたら、紹介状なんて書かないわ。そうなったらママは野良妊婦よ。桜宮では産院が次々に閉院してて、残った医院はたった三軒。そのうち実際にお産を扱っているのは一軒だけ。桜宮でお産ができずに他の街の産院を探し回っている妊婦も大勢いる。これが現実よ。そんな中、超高齢出産で双子というリスクだらけの、得体のしれないお産を引き受けてくれる施設があると思ってるの？」

積み上げられていく理恵の論理の城壁を前にして、みどりは次第に悄然《しょうぜん》と肩を落としていく。そんなみどりを見つめながら、理恵は淡々と続ける。

「仮にお産は診てくれるというところが現れても、ママは五十五歳。誰が見ても不自然な妊娠だし、産婦人科医なら代理出産を勘繰るわ。代理出産は日本ではまだ社会的には受け容《い》れられていない。そうなると引き受けてくれる産院は間違いなくゼロよ」

「聖ユダ病院は？　あそこは院長先生も立派な方みたいだし」

理恵は呆《あき》れ声を出す。

「あそこはメディアの評判はいいけど、内情はとんでもないの。リッチな人たちには高額費用と交換に素晴らしいサービスを提供するけど、貧しい妊婦は門前払い。あそこで落ちこぼれた妊婦を、マリアクリニックでどれほど拾い上げたことか。ユダという名がぴったりのセレブ病院よ」

みどりは唇を噛んだ。それから言う。

「すべてを話して明るみに出したら、どうなるのかしら?」

「それも可能だけど、やっぱりママにはその手は打てない。そんなことしたらどうなると思う? 私はルールを破った医師として社会から追放され、働けなくなる。そしたらこの子たちの面倒は誰が見るの? ママが見る? でもママは五十五歳で、この子たちが成人する頃は七十五よ。その上、子どもはどこへ行っても代理母の子というレッテルがつきまとう。そんな十字架をその子たちにわざわざ背負わせるようなことを、ママはしたいの?」

みどりはうつむく。まさか、子どもたちのために自分が思い描いた未来が、このような殺伐としたものになるなど、夢にも思わなかった。

アタシハ、タダ、コドモタチガ幸セデアレバソレデイイノニ。

みどりが崩れ落ちそうになる中、理恵の高らかな勝利宣言が響きわたる。

「私のいう通りにすれば、日本で一番安全なお産にしてあげる。産む直前は主治医がつきっきり、出産は帝王切開《カイザー》では日本一の帝華大准《じゅん》教授をお呼びする。聖ユダ病院なんか目じゃない、日本一好待遇の出産よ」

みどりの勝ち目は完全に消滅した。仕方なく目の前に突然出現した、絶好の標的に照準を合わせる。

「そういえばその男前の先生のことも聞きたいんだけど、確か清川先生、だったわね」

理恵の目に警戒色が浮かぶ。

「ええ。私の上司で腕だけは一流よ」

「小耳にはさんだんだけど、その先生、理恵ちゃんに気があるみたい。理恵ちゃんはどうなの？」

「誰からそんな事、聞いたのよ」

「情報源は秘密よ」

理恵は黙り込む。どうやら効果アリのようだ。

やがて理恵は静かに答える。

「ママがどんな誤解してるのか知らないけど、清川先生は上司としては尊敬できる。

でも、男としては最低のひとよ」

その瞬間みどりは、清川と理恵が付き合っているというユミの推測は正しい、と確信した。ここしかない。みどりは、本能の声が指示するままに続ける。

「じゃあ理恵ちゃんは、ひょっとしたら清川先生の子どもを体外受精してるかもしれないわね」

「どうして……」

そんなことを聞くの、と言おうとして、理恵は絶句した。みどりは言う。

「去年の暮れに病院を見学した時に言ったじゃない。このやり方なら精子や卵子が入れ替わったとしてもわからないって。だとしたら、理恵ちゃんが本当に好きな人の子どもを作ろうと考えても不思議はないでしょ」

「そんなこと、ふつうの医者ならするはずないわ」

みどりは理恵を見つめて言った。

「ふつうの医者なら、ね」

「でも理恵ちゃんは、ふつうの医者なら絶対やらない代理出産を、平気でやろうとするようなお医者さん。だったらそんなことをやっても不思議はないわ」

理恵はみどりを見つめ返した。

長い長い時間が経《た》ったような気がした。やがて、理恵は笑い声をあげ始めた。それはあまりにも長く続き、みどりは理恵が錯乱したのではないか、と心配になった。

ひとしきり笑うと、理恵は細い指先で涙をぬぐいながら、言った。

「ママがこんなに素敵な女性だったなんて、夢にも思わなかった。わかった、降参よ。正直に言うね。ママのお腹《なか》には、確かに清川先生と私の子どもがいる……」

みどりは思わず目を見開き、息を止めた。理恵はそんなみどりをいたずらっぽい目をしながら見つめて、語尾をつけ加える。

「……のかもしれない」

「どういうこと。はっきり言いなさい。ここまで言って、今さらごまかすつもり？」

「そんな白々しいことはしないわ。本当のことを言っているだけ。ママの子宮に入れた三個の受精卵のうち二個は私と伸一郎の受精卵だけど、ひとつは違う。私と清川先生の受精卵を入れたの。だからふたごのうち、片方は伸一郎の子どもなのは間違いないけど、もう片方の父親ははっきりしないの」

「どうしてそんなことを……」

したのか、と言う前に理恵は更に衝撃の事実を話した。

「それはそんなに特別なことじゃないわ。ママと一緒に通院している荒木さんという、中年の奥さんがいるでしょ、あの御夫婦は不妊治療歴五年だけど、もう年だし、マリアクリニックも閉院するから今回を最後のトライにすると決めていた。だから私は荒木さんの子宮にも、ご夫婦の受精卵ふたつと、私と清川先生の受精卵をひとつ入れたのよ」

みどりは言葉を失った。そこまでいったら、犯罪ではないか。

だが、理恵は、そんなみどりの心情を推量したかのように、続ける。

「ここでさっきのママの質問を繰り返すわね。どうしてそんなことをしたの？ その質問にはこう答えるわ。どうしてそんなことをしちゃいけないの？」

みどりは驚きに目を見開いて、強い口調で言い返す。

「ひとさまの子を産まされる身になれば、わかるはずよ」

「どうして他人の子どもだとわかるの？」

みどりは啞然《あぜん》として理恵の質問に答える。

「だって理恵ちゃんがそう言ったからじゃない」

「そうね、私が事実を言ったから。じゃあ、もしも言わなかったらどう？ 荒木さんは、自分の赤ちゃんを産んだと思えて万々歳でしょ？」

「でもいつか真実がわかってしまう日がくるかも知れないわ」

「でも、そんな日は永遠にこないかもしれない。そうしたらその子は、自分たちの本当の子どもといったいどこが違うというの？」

理恵は続ける。

「人工授精の黎明期《れいめいき》には、ボランティア男性数名の精子カクテルが使われたの。だから父親が誰かわからない。それが初期の人工授精だった。それって私が今やっているのと同じ、ううん、私のやったことよりも数段タチが悪いと思わない？」

「それは時代が違うから」

「時代は違っても人の本質は変わらない。それでもいいという人たちがいたのは事実だし、今の時代にもそうした人たちは必ずいるはずよ。そう考えないと里親を引き受ける人がいる理由が説明できないもの」

「あたしにはわからない。なぜ理恵ちゃんは赤の他人の受精卵を混ぜたの」

「確率とタイムリミットの問題、かな」

理恵はあっさり答えた。

「不妊の原因には、ふたりの相性が悪い可能性もある。そうなると何度やっても妊娠は成功しないかもしれない。荒木さん夫妻にはその可能性があったし、今回が最後のトライだった。だから別の素性の受精卵を混ぜてみたの。それは単なる可能性の追求で、その結果、荒木さん夫妻はめでたく妊娠に成功した。子どもは荒木夫妻の遺伝子を持つ、正統な子かもしれないし、私と清川先生の遺伝子を受け継いだ偽りの子かもしれない。でもそれは調べなければわからない。どっちにしたって法律上は荒木さんが産んだ子どもは荒木さん夫妻の子ども。それならどっちだって同じことじゃない。どのみちこれが最後だったわけだし、荒木さん夫妻の相性の悪さが原因なら、子どもはできにくい。そうしたら今回も失敗して、今の喜びもない」

みどりはかろうじて言い返す。

「そんなこと、血液型を調べたらすぐにわかるでしょ？」

「その点はだいじょうぶ。さすがに私と清川先生の組み合わせが、ご夫婦の血液型のペアと同じだということだけは事前に確認してるから」

「それなら理恵ちゃんは自分の時にはどうして混ぜたの？」

「私にも荒木さんくらい切羽詰まったタイムリミットがあったから。この病院が閉院すると、私にも体外受精を行うチャンスがなくなってしまう。ママ以外の、赤の他人に頼むとハードルが上がるし、ママの年齢を考えると、私にとってこれは最初で最後のトライだったの」

「だから夫以外の精子の受精卵も混ぜたわけ？」

理恵はうなずく。みどりは興奮して言う。

「それじゃあ、不倫の三文小説とちっとも変わらないじゃない」

理恵は静かに微笑する。

「そんなことないわよ。不倫が文学の主題になったのは、社会の枠組みがしっかりしていたから。文学はペンによる謀反《むほん》だから、世の中が変わって社会事象として確立されればその闘いは終わり。文学で不倫を堂々と扱ったから社会に認知され、その結果、倫理と社会の一部の壁が壊れた。不倫の興隆は文学が打ち立てた金字塔。素晴らしいじゃない？　たかだか物書きの妄想が世の中の自由度を増やしたんだから」

みどりは唖然として、理恵を見つめた。理恵はうっとりと話し続ける。

「でも、倫理が壊れてしまった今、今さら不倫を扱っても、それはもう、ただの気の抜けたソーダ水みたいなもので、覗《のぞ》き見根性を満たす下司《げす》な物語を量産してるだけ。不倫小説が社会から糾弾されず受容された時点で、ありきたりのエロ小説になり下がったの。今の不倫小説は惰性の繰り返し。私の行為を、あんなのと一緒にしないで」

父親も母親も親子のつながりも、先進的な科学の前では、何一つ確実ではなく、婚姻と不倫の境界線も崩壊している。それが今の社会の実相なのか。

みどりは自分が守ってきた小さくて美しい世界が、音を立てて崩れ落ちていくような錯覚に囚《とら》われる。

すい、と立ち上がると、理恵はみどりを見下ろして言った。

「知ってる、ママ？ 私は医局ではクール・ウィッチと呼ばれてるの」

「クール・ウィッチ？」

「そう。直訳すると『冷徹な魔女』よ」

まじまじと理恵を見つめた。理恵は小さなあくびをひとつすると、最終宣告する。

「客間に布団《ふとん》を敷いてあるわ。この間は隣に寝たけど、明日は朝早いから私はいつものベッドで寝るね。ママが起きたら、もういないかも。帰る時には合い鍵《かぎ》を玄関ポストに返しておいて」

理恵は立ち上がる。部屋の隅に置かれた七夕の笹《ささ》に下げられた、願い事の短冊《たんざく》を読まずに細い指先でそっと撫《な》でると、ふすまに手をかける。そして振り返らずに言った。

「おやすみ、ママ」

みどりは無言で理恵の後ろ姿を見送った。

十章　涼風至

初秋・立秋初候

　伸一郎さま
少し御無沙汰《ごぶさた》いたしました。その後、お変わりはないでしょうか。

昨晩はちょうど七夕でしたがあいにくの曇り空でした。

最近では、夜空を見上げ、星を見る機会がめっきり減りました。ゆうべは東京の理恵のマンションに泊まり、久し振りに笹《ささ》を飾ってみたのですが、情緒的な行事には相変わらず無関心な娘です。育て方が悪かったのかしら、と反省しきりの今日この頃です。

おふたりが離婚された経緯を、理恵から聞きました。正直、驚きました。ふつうの母親なら離婚を思いとどまらせようとするのでしょうが、おふたりを昔から見てきた身としましては、もはや私がとやかく言ってもどうしようもないのだろうと、なかば諦《あきら》めております。今回おふたりから別々に報告をお聞きし、憎しみ合っておらず、今でも互いに認め合っているということがよくわかりましたので、周囲が何を言っても無駄なのだろうとは感じております。

ですが子どもの件となると、話は違います。おふたりは私に子どもを産むことを託すという、稀有《けう》なことをしています。その依頼した妊娠中に、代理出産の大前提の夫婦関係を解消するなど、あまりにも身勝手ではないでしょうか。もっとも責任の大半は我が娘、理恵にあるということは理解していますが。

今さら愚痴を言うつもりなど、さらさらありません。お尋ねしたいことはただひとつです。子どもたちの親権はどうなさるおつもりですか。理恵が親権を引き受けると言っていますが、そのことについて、おふたりはきちんと話し合われましたのでしょうか?

私のお腹《なか》にはおふたりの赤ちゃんがいます。彼らに対する責任があるので、ここまで立ち入ったことをお聞きするのです。手紙の上のご無礼は、どうかご寛恕《かんじょ》いただきますよう、お願い申し上げます。

みどり

お義母《かあ》さんへ

このたびは私たち夫婦の身勝手さで、ご心労をおかけしたことをお詫《わ》びします。私はもともと社会の枠組みに拘泥《こうでい》しておりませんので、こうした形式に違和感はありません。

お義母さんに対して理恵がどのようにお伝えしたかはわかりませんが、親権については理恵の意思を尊重します。理恵が欲しいというなら、私は親権を放棄します。もしも理恵一人で面倒を見るのが難しいようであれば、何かしらのオプションを考えます。不調法な手紙で恐縮ですが、質問に答えることが最優先と思いましたので、急ぎお返事しました。失礼します。

伸一郎拝

PS．今朝の朝食はフレンチトーストにポーチドエッグでした。栄養バランスを考慮して、オレンジジュースを添えてみました。

伸一郎さま

桜宮でも梅雨が明けました。今年は冷夏で、空模様のすっきりしない毎日が続いています。

お忙しい身にもかかわらず、早々のお返事をいただき、ありがとうございました。お手紙の行間からはふつつかな娘、理恵を信頼して下さっていることが伝わり、いくら感謝しても足りません。ですが、私にはどうしても伸一郎さんにお伝えし、わかっていただかなくてはならないことがあるのです。

理恵に親権を渡すのは危険です。我が娘ながら彼女には何か、欠落しているところがあるように思えてなりません。そうしたことは彼女が子どもの頃からうすうす感じていましたが、今回の件で理恵と話をし、いよいよその感を強めました。このような娘に育ててしまい、伸一郎さんには申し訳のない気持ちでいっぱいです。もちろん、こうした非難の刃《やいば》を実の娘に向けるのであれば、その前に自らの至らなさを反省するべきですが、今はその時間はありません。

ひとつだけ、お願いがあります。伸一郎さんには親権を主張していただきたいのです。それは、この問題をこじらせるためではなく、理恵にもう少し深く考えてもらいたいからです。

こころの乱れのせいで、乱筆乱文になってしまいました。ご容赦くださいませ。

みどり

お義母さんへ
お義母さんの危惧《きぐ》が私には理解できません。私たちは理解し合って結婚し、納得して離婚しました。理恵の性格に問題があるという指摘はわかる部分もありますが、それなら私の方が輪を掛けて徹底した合理主義者で、親権を私が行使した方が、よりよい結果になるという自信はありません。もちろん、私が親権を主張することにやぶさかではありませんが、理恵に任せる方が合理的だと判断します。
伸一郎拝
PS. 昨晩はトルコ料理を奮発しました。シシカバブとトルコ風ピザでした。

◐

伸一郎の手紙を読み、ため息をつく。このままでは理恵には対抗できない。
――困ったものね。伸一郎さんは理恵の本当の怖さがわからないんだから。
胸に手を当て、深呼吸し、みたび若草色の便箋《びんせん》に手紙をしたためはじめる。

伸一郎さま
今年の夏はおかしな具合です。いつもより静かだったのですが、最近ようやくその理由がわかりました。蟬《せみ》が全然鳴かなかったのです。ところがある日突然、一斉に鳴き始めたので、初めてそれまで蟬の鳴き声が失われていた夏だったのだと気づきました。ニュースの解説によれば、どうやらそれはエルニーニョ現象の影響だとのことですが、南半球の海面水温の変化が北半球の裏側の日本の夏に影響するということが、無学の私にはどうにもしっくりきません。

仲一郎さんのお手紙を熟読させていただいた上で、申し上げます。親権については、やはり仲一郎さんに主張していただきたいのです。もちろん米国で御研究に明け暮れる仲一郎さんに双子《ふたご》の世話は、煩《わずら》わしいでしょう。ですから実際は私が面倒をみます。代理母の場合、日本では法律上、母親は卵子提供者ではなく出産した者となりますので、まったく問題はありません。つまり仲一郎さんが親権を行使さえしてくだされば、その時には私が法律上の母親として育てることが可能になるのです。そして仲一郎さんが親権を行使しなければ、生物学的な母親である理恵の手に双子の命運は握られてしまうのです。

今、ここでは詳しい理由は書けませんが、それはとても危険なことなのです。

みどり

お義母さんへ
お手紙拝見しました。お義母さんの危惧が、私には理解できません。私は、子育てが大変だという理由で理恵に親権を与えるのではなく、親権は母親が持つ方が自然だ、と感じているだけです。理恵が親権を放棄するなら、当然私が引き取ります。
伸一郎拝
PS. 最近、食欲がありません。朝晩にフレークにミルクで済ませています。国際ゲーム理論学会が間近なせいです。なにせ、あの会は敵だらけですので。

伸一郎さま
夏なのに雨続きで、梅雨に逆戻りしたかのようです。先日亡《な》くなった句会の先生の四十九日に出席して参りました。少人数の、しっとりとした会でした。こういう会に出ると、人の命は短く、はかないのだなあ、と思います。
食欲がないとのこと、心配しております。こうした手紙を差し上げることも、食欲を失わせる理由になっているのだろうと思うと、心苦しい限りです。
それでも親権は主張していただくことはできないでしょうか。タイムリミットは一ヶ月です。来月上旬、私は理恵の病院で帝王切開を受けます。超高齢出産の上に双子妊娠と高リスクなので、帝王切開にするしかないのだそうです。日本一という評判の、帝華大の先生をお呼びするようなので、心配はしておりませんが。

ですが生まれた子どもを理恵に任せるのは不安でいっぱいです。理恵は、物事を解決するのは感情ではなく論理だと信じてきた娘です。でも、子育ては論理だけではできないのです。ですから、伸一郎さんから一筆、親権を主張するお手紙を頂戴《ちょうだい》できれば、双子ちゃんの未来はよりよいものになるはずだと信じております。

みどり

お義母さんへ

お義母さんの心配する理由が、論理的に見えません。子育ては論理だけではできないのだという、お義母さんの理恵に対する非難は、そのまま私にとっても耳の痛い指摘です。お手紙の文面からは、聡明《そうめい》ないつものお義母さんと違って、切迫した何かがあるように感じられます。私に言えない何かがまだほかにあるのならば、情報はすべてお知らせください。そうでなければ私には判断がつきかねます。

伸一郎拝

みどりは伸一郎からの短い手紙を繰り返し読むと、ベランダに出て深呼吸をする。大きく伸びをして、腰のあたりを、とんとんと拳《こぶし》で叩《たた》く。秋風が吹き始め、季節の変わり目を肌で感じるようになるのと共に、近頃は息切れがひどくなり、ちょっと動いただけで難儀に感じられるようになった。

みどりは窓を閉め、机に向かい手紙をしたため始めた。

書き始めた頃は日が高かったが、書き終えて顔を上げると、窓には夕陽の光が反射していた。耳を澄ますと、ひぐらしの鳴き声が聞こえた。

書き上げた手紙に目を通し、ため息をつく。

自分がこの気持ちを黙って呑《の》み込めば、すべては丸く収まるのかもしれない。そうした想《おも》いが、手紙を投函するのをずっと、躊躇《ためら》わせている。

みどりは深呼吸をひとつして、思い切って立ちあがる。

つっかけで外に出ると、その足で一番近い赤いポストに向かう。そのポストの前を二度、三度うろうろと往復していると、手にした封筒がずしりと重くなっていく。

やっぱり引き返そうかしら。ふと思ったその時ユミの言葉が脳裏をよぎった。

——おばちゃん、本当にそれでいいの？

みどりは顔を上げる。固く目を閉じると、息を詰めて手紙を投函した。

◐

伸一郎さま

お盆が過ぎ、静かだった街にも喧噪《けんそう》が戻りましたが、私の方は相変わらず刺激のない静かな毎日です。先日、雨上がりの澄んだ空を、一匹の赤蜻蛉《あかとんぼ》がすい、とよぎっていくのを目にしました。

先日、句会の先生を偲《しの》ぶ会が開かれ、仏前に供えるため、久々にみんなで一句詠《よ》みました。その時の句です。お粗末な出来ですが、御笑覧ください

赤蜻蛉　天から届く　一筆箋

句会があった頃は、自分の句が人前で読み上げられることが苦痛だったのに、ふしぎなものでその機会が失われてみると何物にも代え難い悦楽だったように思えます。結局、人は誰かに何かを語り続ける生き物なのでしょう。そして、自分が見知ったことを近しい人にも知ってほしいと願う、か弱い存在なのかもしれません。

本当ならこの話は、私ひとりの胸に秘めておければよかったのですが、私には無理なことでした。事実を知れば、伸一郎さんの理恵への信頼は揺らぐでしょう。それでもこれが、私が伸一郎さんに親権を主張してほしいと強く願う原動力だということをわかっていただきたくて、こうした手紙を書いているのです。

実は、理恵は不倫をしていたようです。ただしそれは世間で見聞される類《たぐい》の不倫ではなく、理恵には理恵なりの言い分があり、どうしても今回の代理出産を成功させたかったがための非常措置だったようです。

さらに驚いたことに、私は不義の相手の子を妊娠しているかもしれません。こう書いてくると、子宮がない娘がどうやって不義の子を妊娠するのか、と不思議に思われるでしょう。ところが不妊治療の技術が進歩した現在の社会であれば可能なことになってしまったのです。

事実はこうです。代理出産を行なうとき、理恵は三つの受精卵を私の子宮内に入れました。うちふたつは伸一郎さんとの受精卵です。では、あとひとつは？　それが不倫相手との受精卵なのです。そして今、私の子宮には双子が宿っています。三つの受精卵のうち、ふたつが着床したのです。そうなると双子の片方が伸一郎さんの子どもであることは確実なのですが、もうひとりの方は、確率的には二分の一となり、父親を決められないのです。

最先端の医学技術を駆使すれば、真実は明らかになるでしょう。でも、本当の決着をつけることはおそらくできません。最悪のケースでは、双子のお父さんが違うという事実が明らかになるだけで、彼らにとっては何ひとついいことはありません。それをはっきりさせたいと願うのは、単なる大人のエゴでしょう。

子どもたちに罪はありません。罪はおとなが、子どもに背負わせるもの。理恵ならば平然とその罪を背負い、また双子にも背負わせながら、育て上げていくことでしょう。けれどもその時には、私たちの双子からは、私たちが受け継いでほしいと願う大切な何かが、すっぽり欠落してしまうように思えてならないのです。

理恵は、足を踏み入れてはならない領域に侵入しようとしています。それを神の領域と呼ぶのはたやすいですが、手を伸ばせば届いてしまう場所であるのなら、もはや神の領域ではありません。本当に人が足を踏み入れることが許される場所なのか、無学な私にはわかりません。でも私の目には、理恵が人であることを越え、人ではない何者かになろうとしているように映ります。

そうした行為が白日の下に明らかになった時、天雷が彼女の身に襲いかかるでしょう。その時に私たちの双子が巻き添えになることを畏《おそ》れているのです。

ひとは論理ではなく、感情で生きています。

もし、伸一郎さんに親権を主張していただけるのなら、母親役は私が引き受けます。伸一郎さんは米国で御研究を続けていかれながら、ときどきこうして手紙を書いていただければ充分です。

ご多忙の上、体調も思わしくないところへ大変不躾《ぶしつけ》なお手紙をお送りする羽目になってしまい、申し訳なく思っております。けれども、もしも理恵にどこか欠けたところがあるならば、それを補うことは、理恵を産み落とした母親である私の責任です。どうか今一度、この件について考え直していただきたく、伏してお願い申し上げます。

マサチューセッツの気候は存じ上げませんが、どうかお身体《からだ》には、くれぐれもお気をつけ下さいませ。

みどり

◐

十日後、切手がべたべたと貼《は》られ、その上に消印が乱雑に押された航空便が届いた。

お義母《かあ》さんへ

お手紙拝見しました。驚く、というよりも、やはり、という感じが強かったです。いくつかの質問と御提案が混在しておりましたので、思いつくまま、お答えしていこうと思います。

まずは不義の子、という言葉についての見解を申し上げます。倫理が壊れた社会では、不倫なる言葉は死語です。論理的に定義すれば、不倫とは「倫理でないこと」になりますが、肝心のその倫理が不明瞭《ふめいりよう》になってしまった現代の社会においては、不倫なる概念も消滅しつつある、と認識しています。もともと私たち夫婦には、一緒に時を過ごした記憶が乏しい。私と理恵の関係は、太平洋を往復するメールの中にしかないのかもしれません。

つまり理恵は、私にとってヴァーチャルな妻なのです。

代理出産時の理恵の行動は、お義母さんの推測された通りなのだろうと思います。相手が理恵であるなら、そうした可能性の方がむしろ高いと考えざるをえません。しかし、もしも女性が決意したら、男は無力で、防ぐ手だてはありません。つまり、こうした問題においては徹底的に相手を信頼するしかないのです。まあ、何とも情けない話にも思えますが。

本音を申し上げると、実は私はこうした点に関しては、あまり重きをおいて生きてはおりません。おそらく理恵も、私の考えを理解しています。結婚というものは、たった一枚の紙切れで生じる社会的契約です。ですから太平洋をはさんで暮らす私たちにとっては、大した問題ではなく、だからこそ私は理恵から突然切り出された離婚の申し出にためらわずに同意したのです。

お義母さんの危惧《きぐ》は理解しました。

そこで今回の件を別の観点から考えてみます。

そもそも人はなぜ、子作りに固執するのでしょうか。いろいろな説がありますが、もっとも説得力があるのは、遺伝子自身に自らを保存したいという意思があり、われわれの心と身体は単なる遺伝子の乗り物《ビークル》にすぎない、というものです。我々には遺伝子を保存したいという欲望がその遺伝子自身にプログラムとして組み込まれているらしいのです。そう考えると、今回の件では私の遺伝子はさぞ激怒していることでしょう。お義母さんのご指摘通り、許されざる背信行為だと断ぜざるを得ない。何しろ私は、他の男と妻の間にできた子を、自分の子どもとして認知させられることになるわけですから。

ですが、私はこう考えるのです。それが事実であったとして、どこが問題なのでしょう。理恵の告白によれば、三つの受精卵のうちふたつは私とのもので、ひとつは他の男とのものかもしれないのだという。つまり双子《ふたご》の片方が私の子どもではないかもしれないという可能性が残されるわけです。お義母さんのおっしゃるとおり、それを確定させることに意味はありません。そうした行為は、子どもたちを社会の枠組みに押し込むためだけに必要とされるのです。頭の固い一部の上流階級の迷妄が現実をねじ曲げ、か弱く気高い子どもたちの存在を貶《おとし》めている。どう考えてもそれはおかしなことです。産まれてしまった子どもは、われわれ人類の家族として、社会全体で抱き締めてあげれば済むことではないでしょうか。

私の考え方は暴論でしょうか？　外部からはよくそう言われます。けれども現実を考えてみてください。もし私のような考え方が否定されたら、里親はいつまでも本当の親になれません。心優しい里親に慈《いつく》しまれて育てられる子どもがいる一方で、実の子に対し鬼のような所行をする親がいる。社会全体で子どもを慈しみ育てるという観点から見れば、どちらの親が本当の親なのでしょう。

そう考えれば結局、今回の理恵の行為は、行為自体は倫理的非難は受けるだろうけれど、本質的に問題はなく、大切なのはむしろ産まれたあとの子どもたちに、私たちがどのように応対していくか、ということの方なのだと思います。

私は母を早くに亡《な》くし、父親の男手で育てられました。一般の人から見れば、大いなる欠落を抱いていると認識されがちですが、私自身はそうしたことは気になりません。自分の人生を目一杯満たしてしまえば、欠落など気にしている暇はありませんし、そもそも、まったく欠落がない人間など、存在しません。そう考えると家族とは、子どもたちが雨露をしのぐ屋根でさえあればいいのではないのか、と思います。両親が結婚していようがいまいが、関係ないのです。

　以上より、親権は理恵の考えに従えばよいというのが、私の結論です。

伸一郎拝

　急いで書き上げたのか、伸一郎からの速達には、追伸の献立が落ちていた。長い手紙を繰り返し読んだみどりは、膨んだ腹部を撫《な》でながら、双子に囁《ささや》きかける。

「あんたたちのお父さんは、お腹《なか》で預かり物を育て上げることがどんなに気苦労か、何にもわかっていないのに、もっともらしいことを口にする。でもね、だからってあんたたちまでお父さんを責めちゃダメよ。男の人ってそういう生き物なの」

　そう呟《つぶや》いて、みどりは深々とため息をついた。

「それにしても、あんたたちのお父さんとお母さんは、お似合いの似たもの同士ねえ。

あんたたち、大きくなったら苦労するわよ」

返事の文面はとっくに決まっていたので、書き下ろすことに躊躇《ためら》いはなかった。一筆箋《いっぴっせん》を手に取り、みどりはさらりと書き上げる。

書き終えた手紙を読み返す。そのとたん、自分の心臓の鼓動が聞こえてくる。

みどりは緊張のあまり、その場にしゃがみこんでしまいたくなる。

その時にふと、一筆箋の右下隅に赤蜻蛉が秋空を泳いでいるのに気がついた。

大丈夫ですよ、という丸山の穏やかな声が天から響き、背中をそっと押してくれた気がした。

みどりは背筋を伸ばすと、書き上げた一筆箋を封筒に入れ、部屋を出ていった。

伸一郎さま

理恵が伸一郎さんの〝ヴァーチャルな妻〟なら、私は伸一郎さんの子どもを妊娠している、〝本物の妻〟です。法律上も子どもたちの母親は代理出産をした私です。なのでひとつだけお願いを申し上げます。父親として双子の親権を主張してください。そして形式で構いませんので、私を伸一郎さんの妻にしてください。

みどり

十日が過ぎた。伸一郎から返事はなかった。

日々が過ぎるにつれて、みどりは日に日に後悔の色を深めていった。

あんなこと書かなければよかった、と窓の外の風景を眺めながら自分を責めた。

だが、同時に思う。

お腹の子どもは、あたしの子。理恵になんか、絶対に渡さない。

あたしは、伸一郎さんの妻になりたいわけじゃない、と自分に言い聞かせる。愛の囁きもなく、何よりその関係は本来禁忌の間柄なのだ。だが同時にみどりは、矛盾しているが、伸一郎の妻という地位を、砂漠で渇いた喉《のど》を一滴の水で潤《うる》おすかのように欲している自分にも気づいていた。

女性は好きな男の子どもを産みたいもの、とよく耳にするがそれは間違いだ、と初めて理解した。女性は単に自分の子どもを産みたいだけ。そして、どうせ産むのなら、せいぜい好きな男が相手であって欲しい、と願っているだけなのだ。

証拠はある。みどりは手紙で、伸一郎の妻にしてほしいと訴えたが、それは伸一郎に惚《ほ》れたからなどではない。お腹の子どもの父親だから当然だ、という単純な考えに本能的に従っただけのことだった。

さらに数日過ぎた。

久しぶりに理恵から電話連絡があった。帝王切開予定日が決定したので、その二日前からマリアクリニックに入院してほしいという事務連絡だった。

「クリニックに入院できるの？　スタッフはいないんでしょ」

理恵は投げ遣《や》りな調子で答える。

「私がずっと張り付いてるから心配しないで」

「大学のお仕事はどうするの？　わざわざお休みを取るくらいなら……」

理恵は物憂《ものう》げな口調で、みどりの言葉を遮った。

「言ったでしょ、ママは何の心配もしなくていいの。日本最高の帝王切開入院にしてあげるから。帝華大准《じゅん》教授の執刀のサポートだけでなく、入院中のお世話は帝華大の元助教、じゃなくて出世したての元講師がつきっきりなんだからね」

「元講師ってどういう意味？　まさか、理恵ちゃん……」

受話器の向こう側からかすかなため息が聞こえた。

「ちょっと出世させてもらったのと引き替えに、大学病院は辞めたわ」

「辞めたって、そんな簡単に言ってもいいの？　あんなに頑張ってたのに」

「教授と衝突したから仕方ないの。でもね、ウチの大学ではよくある話だから心配しないで」

詳しく聞き出そうとする言葉を遮断し、電話が切れた。

話中音が空《むな》しく響き続けた。

受話器を置いて、立ち上がる。短くても入院は入院だ。ちょっとした身の回りの品の買い出しが必要になる。急いで身支度をして、みどりは部屋を出た。

エレベーターを降りた通りすがりに、何気なく郵便受けを覗《のぞ》く。

みどりの目に、一葉の葉書が飛び込んできた。見慣れた色鮮やかなブルー。

みどりの心臓が鼓動を打つ。胸に手を当て深呼吸する。葉書を取り出し、文面も見ずにエレベーターに逆戻りする。大きくなった腹部をさすりながら部屋に駆け込むと、後ろ手で鍵《かぎ》を閉め、葉書を両手で取り上げる。

一瞥《いちべつ》すると、そこには見慣れた金釘流《かなくぎりゅう》の文字で、走り書きがされていた。

山咲みどりさま
お申し出の件を仔細《しさい》に検討した結果、貴女《あなた》の論理構築は明快でした。従いまして私、曾根崎伸一郎は離婚した妻、理恵との間に生まれる双子の親権を主張します。
そして親権の代行を、代理母であるみどりさまに一任いたします。

曾根崎伸一郎

みどりは文面を何度も読み返す。夕陽がみどりの顔に差しかかる。届いたばかりの葉書をきつく胸に抱いたみどりの唇の端が、ほんのわずかに上がった。

十一章　寒蟬鳴

初秋・立秋二候

入院当日、みどりはマリアクリニック二階の入院病棟に案内された。案内してくれたのは、妙高助産師だ。診察のたびに顔を合わせていたが、長時間二人でいるのは、初めてだ。その佇《たたずま》いから察するに、みどりより少し上の年代だろう。

妙高助産師は落ち着きのある声でてきぱきと説明していく。

「お手洗いはこちら。食事に関しては帝王切開当日は絶食ですが、今日明日は病院食が出ます。アレルギーや好き嫌いはありますか？」

みどりは大きくなった腹部を撫《な》でながら、小さく首を振った。

「特にございません。何でもいただきます」

「よかった。妊婦さんたちの評判はよかったんですよ、うちの食事。今は入院は受け付けてませんが、この二日間は調理師さんにお願いしてあるので、味は保証します。

何かありましたら、ナースコールで呼んで下さい。日中は私が対応し、夜は曾根崎先生が泊まり込みます」

　みどりは妙高助産師の顔を見ずに尋ねる。

「曾根崎先生が当直してくださるんですか？　大学はお忙しくないのかしら」

　妙高助産師は、みどりから視線を切らずにあっさり答える。

「曾根崎先生は、帝華大を九月いっぱいでお辞めになるそうです」

「そうなんですか。ひょっとして開業でもされるんですか？」

　自分の言葉が白々しく響くことを危惧《きぐ》しながら、尋ねる。だが躊躇《ためら》ってはいられない。理恵の情報を得るための、またとないチャンスなのだから。

　妙高助産師はため息をつく。

「次の勤務場所はまだ決めてらっしゃらないそうです」

「ま、このご時世になんて無鉄砲な」

　妙高助産師は、みどりの言葉に顔を上げる。

「激務でしたから、少しお身体《からだ》をお休めになるといいかもしれません。でも、やっぱり心配ですよね。山咲さんもそう思われますか……」

　みどりは話題を変えた。

「ところで帝王切開って手術なんですよね。曾根崎先生おひとりでやれるんですか」

妙高助産師は笑顔で答える。

「それは無理なので、帝華大の先生に手伝ってもらいます」

「それなら、曾根崎先生は医局との関係が悪くなってお辞めになるわけではないんですね」

ぽろりと口にすると、妙高助産師は小首を傾《かし》げてみどりを見た。それから静かな声で言う。

「曾根崎先生が大学と諍《いさか》いを起こす筈《はず》はありません。とってもしっかりした先生ですから。でも山咲さんは、医療の世界のことをよくご存じですね。現場で働いたご経験がおありですか？」

みどりは首筋にひやりとした殺気を感じた。

境界線を越えてしまったかも。

妙高さんは要注意、という理恵の言葉が脳裏をよぎる。みどりは急いで首を振った。

「あたし、医療ドラマが大好きで、つい知ったふうな口をきいてしまうんです。お友だちにもよくたしなめられてしまって……いい年して駄目ですね」

妙高助産師の顔色をうかがいながら、呟《つぶや》くように言う。妙高の顔色は変わらない。

どうやらうまくやり過ごせたようだが、あぶないあぶない。

「帝華大からお手伝いに来て下さるのは、どんな先生なんですか？」

みどりが続けて尋ねる。また妙高助産師の眼に、警戒色のかけらが浮かんだ。あるいはみどりの気のせいかもしれない。

妙高助産師は、静かに答えた。

「清川先生というベテランの産科医です。帝華大の准《じゅん》教授で、腕の方は超一流ですのでご心配なく」

腕の方は、という但《ただ》し書きに、妙高の評価が現れている。それは、理恵の評価と同じ気がした。つまり清川は、医者としての腕はいいが男としてはろくでなし、というのが女性スタッフの共通認識として成立しているようだった。

さらに質問を重ねようとした時、みどりの背後から声がした。

「妙高さん、ありがとう。あとの説明は私がします」

振り返ると、普段着の薄紅色のサマーセーターをざっくりと着込んだ上に白衣を肩に引っかけた、ラフな様子の理恵が立っていた。

妙高助産師は小さく会釈《えしゃく》をすると、音もなくみどりと理恵の前から姿を消した。

妙高の姿が見えなくなると、髪を後ろに束ねながら、理恵は笑顔になる。

「一応、今夜から入院にしたけど、オペは明後日《あさって》だから、明日の朝、ここに入院すればいいわ。私も時間に余裕があるし、今夜は家に泊まってもらおうと思って」

理恵の声を聞きながら、素直にうなずく。しかし、みどりの中に渦巻く心情は、その表情の素直さからはほど遠かった。


すっかり馴染《なじ》みになった、近くのスーパーで理恵とふたり、買い物をする。

「今夜は私がごはんを作るから、ママはフルーツだけ選んで」

「理恵ちゃんの手料理なんて、どのくらいぶりかしら」

理恵はみどりの言葉が聞こえないかのように、手早く食材を選んでいく。

朝取りのレタスとイクラ、明太子《めんたいこ》に細麺《ほそめん》のパスタ。そして薄切りの豚肉。

「朝食は調理師が作ってくれるから、明日の朝、家では野菜ジュースだけね」

言いながら理恵は、野菜ジュースのペットボトルを買い物籠《かご》に追加した。


みどりはテレビを見ている。秋の大型連休に向けた行楽地の紹介番組で、仲の良さそうな親子がレポーター役で、大仰に老舗《しにせ》旅館の料理を褒めちぎっていた。

理恵が皿に盛りつけたパスタを持ち、台所から戻る。ちらりとテレビ画面を見た。

「やだなあ、グルメ紀行番組なんか見たら、私の料理がみすぼらしく見えちゃう」

みどりは笑顔で答える。

「そんなことないわよ。理恵ちゃんが作ってくれたっていうことが、何より一番のご馳走《ちそう》なんだから。けどテレビは消しましょうね。食事に集中したいもの」

「お世辞を言っても、台所に並んでいるもの以上は出ませんから」

理恵の口調はまんざらでもなさそうだった。パスタには桃色の明太子とオレンジ色のイクラがまぶされ、アルデンテの細麵が艶《つや》やかに皿に盛られている。別の皿には千切りのレタスにゆでた豚肉が載せられ、ドレッシングがかけられている。

「栄養バランスは完璧《かんぺき》、味は食べてのお楽しみ。実は味見してないの」

みどりは両手を合わせて「いただきます」と呟く。一口、パスタを口に運ぶ。バターに絡《から》んだ明太子の粒が口の中で弾《はじ》ける。

「すごくおいしいわ、理恵ちゃん」

理恵の口元がほんのりと和らいだ。

食後のデザートは梨《なし》だ。さくり、と一口囓《かじ》り、みどりは尋ねる。

「理恵ちゃん、伸一郎さんとの離婚を止《や》めるつもりはないの？」

「またその話？　もう離婚届は役所に提出しちゃったから、今さら蒸し返してもムダよ。伸一郎も納得してるし、こじれた離婚じゃないから問題ないわ」

　みどりは必死に食い下がる。

「相手に不満がなくて、しかも子どもが産まれる直前に離婚する理由、あたしにはどうしても理解できないんだけど」

　膨らんだお腹《なか》をさすりながら、心中で双子《ふたご》に〝あんたたちもそう思うわよね？〟と問いかける。理恵はあっさり答える。

「いいのよ、私たち夫婦は納得してるんだから」

「子どもはどちらが育てるつもり？」

「私が育てる。どのみち伸一郎には育児なんてできっこないし。私は大学も辞めるし、退職金をもらって産休をとると思えばどうってことないわ」

　みどりは言葉の端々から、理恵が伸一郎からはまだ何も知らされていないことを確認する。さりげなく、みどりは言った。

「明日入院でしょ。ちょっとだけ院長先生にお目にかかりたいな」

　理恵は一瞬、暗い表情になる。それから静かに尋ねる。

「どうして急にそんなこと言うの？」

「ひとこと御礼を言いたくて。ご相談したいこともあるし」

「疑問があるなら私が聞くわ。帝王切開《カイザー》が不安？」

「ううん、そうじゃないわ。理恵ちゃんには答えられないことよ」

理恵は怒ったように言う。

「どうして？」

「理恵ちゃんは子どもを産んだことがないから。出産経験がある院長先生に聞きたいお話なの」

理恵は考え込む。やがて諦《あきら》めたように言う。

「お目にかかるだけなら大丈夫だと思う。肺への転移がひどいから酸素マスクを外せないけど、意識はちゃんとしてるから」

茉莉亜院長はベッドから起きあがるのも困難なのか。みどりは、自分の計画が上手《うま》くいくか、不安になる。すると、緊張の反動で、急に生あくびが出てきた。

「明日は外来がないから早く行く必要はないんだけど、もう寝る？」

理恵の問いかけに、みどりはうなずく。

理恵はテーブルを片づけながら、畳の間に布団《ふとん》が敷いてあると告げると、そそくさと隣のベッドルームに姿を消した。部屋に残されたみどりは天井を眺めた。

暗闇《くらやみ》の中、下腹部に双子の片割れの胎動を感じる。

翌朝。起きると、理恵はいなかった。ひと足先に病院に行ったようだ。みどりは身支度を整えると、バッグひとつ下げて病院に向かう。病院に着き、妙高助産師が手際《てぎわ》よく入院手続きを済ませると、すぐに朝食が運ばれてきた。

ベーコンエッグに真っ赤なトマト。切り干し大根が添えられた白いライスはぴかぴかに光っている。みそ汁の具はワカメ。みどりは、お腹の双子のために嚙《か》みしめる。

和洋が絶妙のバランスで配置された朝食は、妙高助産師が言うとおり、質素ながら食欲をそそる献立だった。

閉院に向けた外来の後かたづけのためか、理恵はたいそう忙しそうに見受けられた。だが、患者がいないので精神的にゆとりがあるようにも見えた。

午前の光が溢《あふ》れる病室にぼんやり座っていると、白衣姿の理恵がやってきた。

「今日は茉莉亜先生のお加減もいいみたい。お昼ご飯を食べ終わったらお目にかかれそうだけど、どうする？」

みどりは大きくうなずいて、「是非、お願いしたいわ」と言った。

昼食はアサリのリゾットとグリーンサラダに葡萄《ぶどう》の房が添えられている。私服姿の理恵に、ホテルのランチみたいだと言うと、理恵は笑顔になった。

「産院に入院するのは病人じゃなくて若くて健康な女性だから食事にも気を配らないといけないの」

確かに自分には量は多いが、二十代の女性であればちょうどいいのかもしれない。

みどりは、紫色の葡萄の房を取り上げ、ひと粒つまむ。

開け放たれた窓からそよ風が入ってきて、レースのカーテンを静かに揺する。

「食べ終わったら、院長先生のお部屋に案内するわ。今日は調子がいいみたいで、ママが御《ご》挨拶《あいさつ》したいと言ってることを話したら、茉莉亜先生も是非に、とおっしゃって下さったの」

胸がちくりと痛む。茉莉亜院長は病気なのだから、これから自分がしようとすることは、甘えた行動かもしれない。だが、みどりは首を振り、その思いを追い出した。

――相手が病人でも、関係ないわ。これはあんたたちのためなんだもの。

腹部を撫《な》でて、呟く。こころに浮かんだまっすぐな自分の言葉。それは一瞬にして、みどりの後ろめたさをすべて吹き飛ばしてくれた。

中庭は花園のようだった。コスモス一色に塗りつぶされていたが、よく見ると夏と秋の草花が同居して咲き乱れていることに気づく。鳳仙花《ほうせんか》はつまべに、とも呼ばれたはず。鶏頭に芙蓉《ふよう》そして桔梗《ききょう》は紫色のアクセント。甘い香りに誘われて空を見上げると、金木犀《きんもくせい》の花が咲いている。

母屋《おもや》に足を踏み入れたとたん、華やかな空気は一転し、空気が重く沈んでいくのを感じた。薄暗い廊下を、理恵は勝手知った家のように歩いている。みどりは廊下に置かれた入れ子細工の小箱の装飾品に気をとられながら、理恵の背中についていく。

大きな扉の前で立ち止まると、理恵は振り返る。

「このお部屋よ。長くならないでね」

みどりはうなずく。理恵がノックをすると、部屋の中から返事があった。

扉を開けた理恵が、驚いて大声を出す。

「茉莉亜先生、だいじょうぶですか？　ご無理はなさらないでください」

茉莉亜はベッド上で上半身を起こし、まっすぐみどりを見つめていた。その視線の風圧に晒《さら》されたみどりは、一瞬にして自分が丸裸にされてしまったかのような錯覚に囚《とら》われる。

次の瞬間、茉莉亜はちんまりと縮んだ、人の良い老婆《ろうば》に戻っていた。よくみると茉莉亜の腕には点滴、鼻にはプラスティックの酸素チューブが挿入されている。

かすれ声ながらも、茉莉亜は笑顔で言う。

「だいじょうぶよ、理恵先生。今日は不思議と気分がいいの。だから心配しないで。それに理恵先生のお母さまがわざわざ御挨拶に来て下さったんですもの、寝てなんていられないわ」

声は小さいが、芯《しん》には、凜《りん》とした強さがある。そしてみどりの腹部を見て、言う。

「理恵先生の双子ちゃんは順調のようですね」

みどりは理恵の表情を窺《うかが》う。理恵はうなずいて、みどりにささやく。

「茉莉亜先生には代理出産の件は了解していただいて、御配慮もいただいてるの」

いくら無条件で診察を一任したといっても、クリニックの院長である以上、責任は生じる。立場上、正確な報告を受けざるを得ない、というわけなのだろう。

みどりは頭を下げる。

「いろいろとありがとうございました。娘のわがままで、クリニックにさぞやご迷惑をおかけしているんじゃないか、とそればかりが心配でしたので、こうしてお目に掛かって御礼を言うことができて、少しほっとしました」

みどりは膨らみきった腹部を撫でながら、言う。茉莉亜は答える。

「このクリニックは、理恵先生のおかげでかろうじて生き残れているんです。だから理恵先生を、全面的にバックアップさせていただくのは当然です」

　みどりはもう一度、深々と頭を下げた。そして尋ねる。

「ところで三枝《さえぐさ》先生は、現状の代理出産の仕組みをどのようにお考えですか。ルールの決まっていないことを行なうことに迷いはなかったのでしょうか」

　茉莉亜は微笑《ほほえ》んで、言う。

「代理出産は、自然では赤ちゃんを持てない方に赤ちゃんを授けてあげられるという、夢のような医学の進歩の賜物《たまもの》ですから、技術があればやってあげたいと思うのは医者の本能です」

　理恵の冷たい視線を横顔に感じながらも、みどりは気がつかないふりをして続けた。

「たとえそれが社会のルールに反しても、ですか？」

　茉莉亜は深くうなずく。

「ええ、医学は日進月歩で進歩していきます。ならばそれに合わせて社会のルールも変わってしかるべきでしょう。医者の仕事は、みなさんに今より少し幸せになってもらうこと。なのにどうして代理母を行なってはいけないという結論が導き出されてしまうのか、私にはその理由がさっぱりわかりませんね」

理恵の言葉を聞かされても納得がいかなかった代理出産問題が、茉莉亜の言葉を耳にしたとたん、ゆっくりと、だが確実に納得へ向かっていく。

みどりは安堵《あんど》した。

——こういう先生のお側にいるなら、理恵ちゃんもだいじょうぶね。

同時にみどりは、今から茉莉亜に尋ねようとしていることがひどく自己中心的に思え、うしろめたく感じた。だが出産とは、結局エゴイスティックな行為だ。長年そうした出産と向き合い、同時に実際に母親でもあり続けた茉莉亜ならば、自分が今抱えている問題を解決の方向に導いてくれるかもしれない。

「お考えを聞いて安心しました。実はお尋ねしたいことはもうひとつあるんです。代理出産に関しては、産んだ女性を母親にするという結論になりそうだと聞いていますが、どうお考えですか」

茉莉亜は笑う。

「医学的にはナンセンスです。でも社会に受け容《い》れさせるには妥協も必要です。今、その流れが主流であるなら、問題点を指摘しつつ、話し合うことが必要でしょう」

「つまり院長先生は全面的に反対、というわけではないのですか」

茉莉亜はうなずく。みどりは畳みかける。

「どうしてですか？」

「法律上の母親がどうなろうと、子どもがきちんと育ちさえすれば、幸せだと思っているからです」

みどりの肩の荷がすっと軽くなる。これが茉莉亜と理恵の違いだ、と思う。子どもの成長や幸せが要素として組み込まれているように思えない理恵の論理には、どうしても共感できなかった。

みどりはひとつ深呼吸する。そして茉莉亜に、ずっと胸の中で暖め続けていたひとつの問いを突きつけた。

「最後にお尋ねします。もしも私の娘が、お腹の子どもたちを幸せにできないのではないかと思ったら、私が母親を名乗ることに賛成していただけますか」

「突然何を言い出すのよ、お母さん。茉莉亜先生は御病気なんだから、ウチの家庭問題なんかで茉莉亜先生の手を煩《わずら》わせないで」

理恵の鋭い声が響く。

「いいのよ、理恵先生」

茉莉亜は笑顔で、理恵を制する。

「こうした問題はデリケートで、第三者の言葉の方が解決の糸口になったりすることだってあるものよ」

茉莉亜は胸に手を当てて、目を閉じる。酸素チューブから流入する酸素が、茉莉亜の喉《のど》のところで逆流しているかのように、小さな嵐《あらし》の音を奏《かな》でている。

そんな規則的な音が響く部屋の静寂の中で、茉莉亜は静かに確認する。

「山咲さんはご心配なんですね。理恵先生が自分のお子さんをきちんと育てられないかもしれないって……」

みどりはうなずく。茉莉亜は尋ねる。

「どうしてそう思うのかしら？」

みどりは一瞬ためらってから、口を開く。

「代理母の私に相談もせず、夫との離婚を勝手に決めてしまったからです」

理恵は燃えるような視線でみどりを無言で睨《にら》みつける。茉莉亜は驚いて、理恵に尋ねる。

「それは本当なの、理恵さん？」

理恵は仕方なさそうに、うなずく。茉莉亜はさらに質問を重ねる。

「どうしてそんなことをしたの？」

理恵はうつむく。やがて思い切って顔を上げると、ほとばしるように一気に言う。

「私は産婦人科の窮状と共に代理出産について社会に提起したいんです。いつの日か、この子たちは代理出産の子だと公表したいのですが、その時ひょっとしたら夫に迷惑をかけてしまうかもしれない。それだけは避けたかったんです。夫がいたらこうした問題提起は難しくなる。そう考えて離婚を……」

「そんなこと考えていたのね、理恵ちゃん。だけどママはそんな理由は絶対に認めない。それじゃあ子どもはただの宣伝道具じゃないの」

「そうじゃない、そうじゃないのよ、ママ。どうして日本では、こういう問題がいつまでも解決しないんだと思う？　それは、みんなひとごとだからなの。いくら正論を主張しても、医者だからそう考えるんだろうって思われてしまう。でも母親の立場ならそう思われない。母になりたいという強い想《おも》いが武器になるから。辛《つら》い不妊治療に耐えても子どもができない苦しみを目《ま》の当《あ》たりにしたら、制度がどうのこうのだなんていってられない。だけど代理出産の母親は滅多に表に出てくることはないの。社会的に認められていない制度だから。こんな状況で公言してくれる母親なんていないんだもの。みんな、自分がよければそれでいい。だけど誰かがやらなくてはならないことなの。だから私が……」

　みどりは理恵を凝視した。そして静かな声で言う。

「理恵ちゃんの信念が立派なことはよくわかるけど、だからってこの子たちがそんな目に合うというのは、やっぱり納得できないわ」

「私にしかできないことなの。産婦人科医の私がやらなければ誰もやらないわ」

理恵の気持ちにブレはない。だが理恵の言葉はみどりのこころには響かない。

「それじゃあ教えて。どうしてあたしがそんなことに関わらなくてはならないの？」

「じゃあ、どうして私たちがしてはいけないの？　社会のため、今現在、そしてこれから困ってしまうだろう人たちのために」

「あたしが願うのは、あたしと子どもたちの小さな幸せを守ることだけ。ほかには何も望んだりはしない。それにもう一度よく考えてみて。産まれてくる子どもたちは、本当にそんなことを望んでいるのかしら」

「わからない。そんなことをここで言い争っても仕方ないわ。でも説明すれば、子どもたちだっていつか必ずわかってくれるはず。いえ、わかってもらうしかないの」

理恵はみどりを見つめて言い放つ。

「だって、その仕組みがなかったら、あなたたちがこの世界に生まれ落ちることはないんだから」

みどりは理恵を見つめた。やがて、ひとこと、鋭く言い返す。

「あたしはそんなことしたくない。決めるのは理恵ちゃんじゃなくて、あたし。だって今の社会のルールでは代理母が本当の母親で、それはこのあたしなんだもの」

みどりは鞄《かばん》から葉書を取りだすと、理恵に手渡した。

それを一瞥《いちべつ》した理恵の顔色が、みるみる青ざめていく。

それはみどりの手持ちの札、伸一郎の親権をみどりに委任することを告げた葉書だ。その葉書は決して切り札などではなく、ただのジョーカーにすぎないということを知りつつ、みどりはあえてこの場でのコールを選んだのだった。

本来、その葉書は何の効力も持たない。特に、理恵とみどり、そして伸一郎という虚実を交えた三人の関係性というトライアングルの中では。伸一郎はみどりの依頼を受けて葉書を送ったが、権利の行使にあたってはみどりの側に立つと確約したわけではない。伸一郎は根無し草の異星人なので、理恵から問いつめられたら、どちらでもいい、などと日和《ひよ》りかねない。だから葉書の効力は、理恵とみどりの力関係で決まる。その闘いは圧倒的に不利だ。みどりは無理強いできない上、相手は専門知識で完全武装したアマゾネス、権力闘争渦まく医局内部でさえ畏怖《いふ》される最強の戦士だ。俗世のあわいの中、漂うように生きてきたみどりに、太刀打ちできるはずもない。もしもふたりきりの部屋でジョーカーを呈示したら、理恵は即座に山のようなメールを伸一郎に向けて発信し、たちまち伸一郎を翻意させてしまっただろう。そして笑顔を浮かべみどりの目の前で葉書を破り捨てながら、ひとこと冷たく言い放っただろう。

——ゲームオーバー。

理恵の前では葉書は切り札にはなりえない。ただしそのジョーカーがただ一点、効力を発揮する場が存在する。それがここ、理恵が信頼する茉莉亜との三者会談の場だった。みどりは、子を守りたい母という狭隘《きょうあい》なフィールドを設定し、そこから一歩も出なかった。そしてそのバトルフィールドに中立厳正なレフェリーを置いて、カードをショーダウンしてみせた。

この設定下で初めて、みどりが手にしたジョーカーは最強の切り札に化けるのだ。

みどりの武器は、〝お腹《なか》の子を思う母の純心〟。その場に限定すれば、伸一郎の葉書は最強の援軍だ。これが、理恵から双子《ふたご》を取り戻すための唯一無二《ゆいいつむに》の手段だった。

茉莉亜が口を開く。

「おふたりの意見はどちらも正しい。だから本当はあたしにも選べない。でも、あたしが選ばなければ先に進めないようですね。そして先に進めなければ、子どもたちの行き場がなくなってしまう。だから私は選ばなくてはならないのね」

茉莉亜はため息をつく。理恵の顔とみどりの顔を交互に見つめて、言う。

「あなたたちは、大変な母子だこと。どこでこじれてしまったのかしら。でも、今さらそんなことを言ったところで仕方がないわね」

茉莉亜は目を閉じていく。小さく咳《せ》き込む。窓の外、梢《こずえ》の葉が風にさざめく音が部屋に侵入してくる。

やがて茉莉亜は目を開く。みどりと理恵を交互に見つめ、はっきりと言う。

「山咲さんからのご質問にお答えします。医師としてあたしは、理恵先生の意見に賛成です。理恵さん、あなたの意志は尊いわ。代理出産問題はそうした劇薬でも投与しないとこれから先の進展はないかもしれない」

そう言って、茉莉亜は理恵を、強い視線で凝視する。

理恵の顔がぱあっと明るくなる。だが茉莉亜の言葉はそこで終わらなかった。今度はみどりに穏やかな視線を投げかけ、静かに告げた。

「ですけれど、ひとりの母親としては山咲さんを支持します」

理恵の顔がみるみる青ざめていく。茉莉亜は苦しそうな息の中で言った。

「子どもの未来は子どものもの。これが私の、今、この瞬間の答えよ」

みどりは胸に手を当てて、深々と息を吐く。

そう、みどりはこの瞬間、大いなる賭《かけ》に勝ったのだった。

みどりは茉莉亜の横顔を見つめた。そこには、医師としての茉莉亜ではなく、母としての茉莉亜の姿が見えたような気がした。

茉莉亜は理恵に向かって、言う。

「理恵先生、このあとはあなた次第よ。選びなさい。母親としての意見を取るか、医師としての立場を優先させるかという、そのどちらかの道を」

理恵は大きく目を見開き、茉莉亜を見た。

「そんな、茉莉亜先生……」

理恵の顔は真っ白になる。

「先生は私を全否定してます」

茉莉亜は、いつもの穏やかな表情を吹き消して、言う。

「違うのよ、理恵さん。理恵さんは、医師としての自分をあまりにも純化しすぎたの。本当のあなたを取り戻すことができた時、私の言葉はあなたに届く。あなたを全否定したわけではない、ということがわかるはずよ」

茉莉亜は柔和な表情に戻った。

「理恵さん、あなたもひとりのちっちゃな女の子だったのよ。思い出して……」

だがしかし、懸命な茉莉亜の言葉は理恵には届かなかった。

「どちらかを選べだなんて、そんなことを言われたら答えはひとつに決まってます。先生がもう答えを出していらっしゃるわ。この子たちにとって私は母親ではなく医師だった、と言われてしまったんですもの。ひどい、ひどすぎます」

茉莉亜は諦《あきら》めたように小さくため息をつく。そしてうなずいて、言う。

「確かに理恵先生から見れば私はひどい女に映るかもしれないわね。だけど考えてみて。理恵先生の赤ちゃんは、親を選ぶ自由すらない。その子たちのことを考えたら、私と理恵先生、本当にひどいのはどちらかしら」

茉莉亜の突き放すような言葉に、部屋の中の事物が動きを止めた。

どこからか、水滴の落ちる音が聞こえた。見ると、部屋の片隅には作りつけの洗面台があり、蛇口から規則正しく水滴が落ち、水盤を叩《たた》いていた。

やがて静寂の中で気配の変化を感じ取ったみどりは、顔を上げた。

思わず目を見開く。

能面のような理恵の頬を一筋、白い涙が流れていた。

「理恵ちゃん」

みどりは幼子の名を呼んだ。

その夜、みどりはひとりぼっちの病室で、まんじりともせずに天井を見つめていた。みどりは自分の腹部を撫《な》でている。明日、この子たちはあたしから分離されて、外の世界に放り出される。そしてあたしには、この子たちを幸せにする義務が生まれる。

——本当にこれでよかったのかしら。

茉莉亜の部屋での光景を思いだし、みどりは呟《つぶや》く。理恵の頰に伝った涙の軌跡が、ナイフで傷ついた皮膚の裂け目のように銀色に光った。

十二章　玄鳥去

仲秋・白露三候

翌朝。

みどりは眼を開け、身体《からだ》を起こす。

お腹《なか》を気遣うのも今日でおしまい。とはいっても明日からあんたたちは、今度はお外で大泣きするんでしょうけど。

マリアクリニックがざわついている。昨日まで廃墟《はいきょ》のようだったクリニックが活気を取り戻している。雨期の間だけにぎわう、オアシスのバザール街のようだ。

みどりはそろりそろりとベッドを降りる。二階の廊下に出て、一階の待合室を見下ろす。上品な若奥様と、ラフな格好の中年女性の姿が見えた。どちらもお腹が膨れ上がり、一目で臨月だとわかる。

ふたりが自分の世界に閉じこもり自分の腹部を撫《な》でているところに、がらんがらんと鈴を鳴らして扉を開け、ピンクジャージ姿のユミがはいってきた。入るなりまっさきに、ユミは二階から見下ろしているみどりに気がついた。

「おばちゃん、ちーす」

二階に向かって敬礼を投げかけたユミに、みどりは片手を挙げて応《こた》える。ゆっくりと階段を降り、ユミに近寄る。ソファに座っていたユミが、みどりに小声で言った。

「おばちゃんにひとつお願いがあるんだけど」

「なあに？」

「今日帝王切開するんでしょ？　赤ちゃん産むところ、見せてくれない？」

みどりは、意外な申し出に首を傾《かし》げて言う。

「いいけど、そんなもの見てどうするの？」

「あたし、これからタクを産むわけじゃない、だからお産ってどんなのか、前もって見ておきたいな、と思って」

素直な好奇心を目の当《ま》《あ》たりにし、眩《まぶ》しげに眼を細めてみどりはうなずく。

「いいわよ。おばさんなんかのお産でよければ、どうぞどうぞ」

「ありがとね、おばちゃん」

ユミはせり出した腹を揺すって頭を下げる。

玄関の扉が開く。長身の男性が入ってきた。清川だ。

思わずみどりは身を固くする。

清川はユミの側を通りながらその頭をぽんぽん、と叩《たた》く。

「禁煙してるか？」

ユミはその手を払いのけながら、威嚇《いかく》するように答える。

「ちゃんと守ってるよ。もちろんあんたに言われたからじゃないよ。タクのためだからね」

「ふむ、いい娘だ。感心、感心」

ラフな服の中年妊婦の荒木は立ち上がり、清川に駆け寄る。

「あらあ、清川先生、来て下さったんですね」

「こら、妊婦が走るな」

ひとこと釘《くぎ》を刺してから、清川は荒木に笑顔を投げかける。

「相変わらずだね、荒木さん。でも待ちに待った出産だから楽しみでしょう」

「楽しみだけど怖いような。清川先生と曾根崎先生にはお世話になってばかりで、きちんと御礼もできずにここまで来てしまい、本当に申し訳ないです」

清川は首を振って、笑顔で答える。

「無事お産をしてくれればそれが一番の御礼さ。予定は来月だっけ?」

荒木はうなずく。清川はさらりと言う。

「その時は僕も立ち会うよ。それまでこのクリニックが残っていれば、だけど」

「私が出産するまで開院していてくださるって、曾根崎先生がおっしゃってました」

「なら問題ないな。今日はカイザーだから、診察できないけどね」

清川はちらりとみどりを見た。清川の目に新参者の自分がどう映っているか、不安になる。だが幸い、次の瞬間、清川は診察室に姿を消した。

ひょっとしたら清川の子どもが自分の胎内に宿っているのかもしれないのだ。みどりは、何ともいえない不思議な気持ちになる。

「今の人があんたたちのお父さんかもしれないのよ。ちょっとかっこいいわね」

腹部に手を当てて呟《つぶや》いたが、ぴくりとも胎動はしなかった。


十時。いつもより遅い診察のスタートだ。カイザーは午後二時開始だ。

ユミが診察室に入っていった。しばらくして、診察室から妙高助産師が出てきて、みどりに歩み寄ってきた。

「青井ユミさんが後学のため山咲さんの出産を見学したい、と言うのですが」

ライオン娘はいつでも最短距離をまっしぐら。みどりは笑顔を浮かべた。

「あたしは構いません。よろしければいつでもどうぞ、とお伝えください」

「では青井さんにそう伝えます。カイザーが始まるまで、分娩室《ぶんべんしつ》でお待ちください」

みどりは診察室の扉を開き、カーテンで仕切られた部屋に入る。空いているベッドに横たわり、眼を閉じた。帝王切開なので陣痛はなく、みどりはうつらうつらする。

妙高助産師がやってきて、隣のベッドとの境にカーテンを引いた。

「荒木さん、破水したわね」

「おなかの子はだいじょうぶでしょうか。どうしよう、超未熟児になっちゃったら」

中年の体外受精妊婦、荒木が想定外の破水をしてしまったらしい。

「この時期なら大丈夫よ。だけど、初産《ういざん》だから時間はかかるわよ。気長にね」

返事の代わりに、悲鳴が上がる。本格的な陣痛が始まったようだ。

「我慢して。まだまだよ」

カーテンの向こうの妙高は、落ち着いた声で荒木に告げると、姿を消した。ふたたび悲鳴。みどりは、かつて理恵を出産した時のことを思い出し、眉《まゆ》をひそめた。

みどりの隣のベッドがばたついてきた。足音と人の気配。ベッドにどさりと座る音。

「だいじょうぶ、破水しただけだから」

「ユイちゃん、まだ出てきちゃダメ。ママのお腹の中にいて。でないと死んじゃう」

「甘利さん、落ち着いて。心配しないで」

「でも、でも、この子は生まれ落ちたらもう……」

語尾がふるえ、嗚咽《おえつ》に変わる。

なぜ隣の若奥様はあんな嘆き悲しんでいるのか。晴れやかな出産という舞台のはずなのに。

そこへカーテンをかきわけ、青井ユミが顔だけ出してベッドを覗《のぞ》き込む。

「ちーす。おばちゃん、出産を見せると言ってくれてありがとう」

「いいのよ。でも驚かないでね」

ユミは真顔で首を振る。

「だいじょうぶ。あたし決めたんだ。これからは何でもしっかり見てやろうって。よく見ないと理解できないし、理解できないと間違えちゃうんだよね」

みどりはユミの思慮深い言葉を褒めようとして、止《や》めた。

下腹部に違和感が走ったからだ。次の瞬間、違和感は鈍い痛みに変わった。

「ユミさん、あのね」

「どうしたの、おばちゃん」

みどりの顔色と表情が変わったのをみて、ユミが心配そうに尋ねる。みどりは顔をしかめる。

「理恵先生に、あたしも破水しちゃったみたい、と伝えてほしいの」

「わかった。ちょっと待っててね、おばちゃん」

ユミはカーテンを閉じ、姿を消した。

みどりは、となりのうめき声を聞きながら腹部を撫でる。

「お隣の声を聞いて、自分の番と勘違いしちゃったんだね」

ユミがみどりのベッドに舞い戻ってきた。

「おばちゃん、理恵先生に伝えておいたよ」

ユミの隣につきそった妙高が言う。

「人のことを気にしている場合じゃないでしょ。ユミさんのベッドはこちら」

「ユミさん、あなた、まさか……」

みどりが言うと、ユミは舌を出して笑う。

「えへへ。あたしも産気づいちゃった。せっかくおばちゃんがお産を見せてくれるのに、残念だけど、もう本番で待ったなし。でも、ありがとね、おばちゃん」

妙高がみどりに告げる。

「山咲さん、状況が変わったのでカイザーの時間がずれますが、ご容赦ください」

みどりがうなずくと、妙高に引っ張られるようにしてユミは姿を消した。

——これで分娩室にクリニック最後の四人の妊婦が勢揃《せいぞろ》いしたわけね。

みどりは苦笑する。何もこんな時まで仲良しこよしでなくてもいいのに。

それから理恵を想《おも》う。

いつもこんなに大変な思いをしてるんだわ、あの娘。

脳裏に理恵の涙の軌跡がよぎる。頭を振ってその光景をみどりは追い出した。

四人のベッドを仕分けていたカーテンが一斉に引かれ、狭い分娩室は一瞬にして広場になった。開け放たれた空間に、ひとりの女性が佇《たたず》んでいた。その姿を視野の隅に捉《とら》えたみどりは、驚いて眼を見開く。

背筋を伸ばし凛《りん》とした姿を見せたのは、昨日はベッドの上でかろうじて上半身を起こし、とぎれとぎれに話すのが精一杯だったマリアクリニックの当主、三枝茉莉亜院長だった。茉莉亜とみどりの視線が合う。次の瞬間、朗々とした声が響く。

「みなさん、いよいよ本番ですよ。仲良しが一斉に産気づいてしまったから、こんな年寄りまでかり出されてしまいました。順番はきちんと守ってほしかったわね」

陣痛のうめき声が一瞬途絶え、明るい笑い声が部屋に満ちた。

「人手がないので、仕切りをとっぱらって一斉に診ます。山咲さんはこの後カイザーです。曾根崎先生と清川先生が手術室に待機してます。青井さん、甘利さん、荒木さんは、私と妙高助産師が診ます。今はこんなよぼよぼですけど、ベビーブームの頃は妙高とふたり、一晩に十人取り上げたこともあるので、心配なさらないでね」

茉莉亜の余裕ある言葉の響きに、病室の空気が和んだ。

からからと車輪の回る音。次の瞬間、理恵が顔を出す。空の車椅子《くるまいす》を押している。

「車椅子に乗って下さい。地下の手術室に行きます」

よそよそしい言葉遣いに、みどりは昨日の院長室での光景を思い出す。茉莉亜の視線がみどりの身体《からだ》に寄り添う。みどりはうなずいて、体を起こしベッドから降りる。瞬間、立ち眩《くら》みがしてよろめいた。

「大丈夫？」

悲鳴めいた理恵の声と共に、差し伸べられた手にすがりつきながら、言う。

「理恵ちゃんの時を思い出したわ。ずいぶん昔のことだけど」

　みどりは遠い眼をした。

　理恵はみどりを見つめ、無言で車椅子にみどりの身体を載せた。

「地下の手術室に向かいます」

　茉莉亜と妙高助産師に報告するためか、あるいはみどり本人に伝えるためか、理恵は電車の車掌のように声を上げた。その背中を妙高助産師が見つめていた。

　下降するエレベーターの中、理恵とみどりは沈黙している。やがて理恵が言う。

「昨日はびっくりしちゃった」

　みどりが理恵を見上げる。理恵は続ける。

「一晩考えたわ。でもママと茉莉亜先生の言うとおりだと思う。昨日の私は、母親である前に医師だった。私には母親になる資質が欠けているみたい」

　エレベーターの扉が開き、まばゆい無影灯の光がみどりの眼を眩ませる。逆光の中、長身の男性の声が聞こえる。

「山咲さん、ご心配なく。私と曾根崎先生は、日本トップのペアですから」

　その声を聞いて、みどりは安堵《あんど》した。そして理恵がこの男性をパートナーに選んだ理由がわかったような気がした。

手術台の上に載せられ、背中に脊椎《せきつい》麻酔の針を刺された。布を掛けられた後はもう何も考えなかった。手術器具が触れ合う、無機質の金属音がみどりの意識を中途半端《はんぱ》に覚醒《かくせい》させる。下腹部が引き攣《つ》れる感覚は、痛みとは違う。扉が開き、妙高助産師が駆け込んできた。

「清川先生、荒木さんが回旋異常でカイザーになりそうです」

「荒木さんが？　さすが僕の追っかけだな」

ゆとりある口調で清川は続ける。

「ちょうどいいや、妙高さん、今、赤ちゃんが出るところだから取り上げていってくれないか？」

「わかりました」

妙高助産師は手早く青い手術衣を羽織り、清川の隣に待機する。

清川の背中と理恵の指先がぴったり息が合ってハーモニーを奏《かな》でている。その一瞬、清川が振るったメスの煌《きら》めきが無影灯を切り裂いた。

次の瞬間、ふたつの産声《うぶごえ》が同時に上がる。ふたつの泣き声は、まるで最初の兄妹げんかのようでもあり、また、息の合ったデュエットのようにも聞こえた。

妙高助産師の声が手術室に反響する。

「十五時八分、出産。第一子は男児、二〇五一グラム。第二子は女児、二二一八グラム。アプガー・スコアはふたりとも九点です」

「グラッチェ」

清川が陽気に言うと、妙高はみどりの耳元に囁《ささや》きかける。

「立派なふたごちゃんです。おつかれさまでした」

妙高の言葉を聞いて、みどりの緊張が解けていく。

——これで預かり物を無事、届けられたわ。

清川の声がかぶさる。

「すぐに腹壁の縫合が済むから、山咲さんを病棟に上げ、入れ替えで荒木さんを下ろしてくれ。双子《ふたご》は手術室の経過観察室に置いておく。今日は非常事態だから、手術をしながら僕たちが観《み》る」

みどりを覆《おお》った布が取り払われた。マスク姿の理恵の眼がうるんでいた。みどりの視界もぼんやりにじんでくる。

無影灯が眩《まぶ》しすぎる、とみどりは思った。

ストレッチャーに横たわり、妙高助産師に付き添われたみどりが手術室を退場する。

二階の病室に戻ると、そろそろとベッドに移動するみどりに、妙高が言う。

「何かありましたら、ナースコールを鳴らしてください。すぐ駆けつけますから」

立ち去ろうとした妙高の背中にみどりが声をかける。妙高は足を止め振り返る。

「何か？」

「あのう……、他の方は、無事出産されたのでしょうか」

「荒木さんはこれからカイザーです。他の方もまだまだですね」

素っ気なく答えた妙高助産師は、風のように姿を消した。

ガーゼで覆われた腹部を撫《な》でると、そこには昨日までの膨らみはなく、自分の腹部を元気に蹴《け》りまくる双子は、もはや気配も残っていなかった。

窓の外を見る。ガラス窓越しに、夏の名残りのつくつくほうしが鳴いている。みどりは空っぽになった自分の腹部に問いかける。

——ところであんたたち、どっちのママと暮らしたいの？

当然のことだが、空っぽになった腹部からは、何の答えもなかった。

入院した三名は別々の個室だった。出産予定は四名なのに入院は三名だったので、みどりは不安にかられた。果たしてユミは無事にタクを産めたのだろうか。

夕方、傷口の処置に回診した清川医師にさりげなく聞くと、ユミは無事出産したようだ。ついでに荒木の帝王切開が上手《うま》くいったことも確認した。病室を去る清川医師の背中を見送りながら、みどりはひとり考える。

これで入院したのは、荒木、ユミ、そしてみどりの三人。つまり甘利さんがいないわけだ。その時、みどりは若奥様の甘利がどうして分娩室《ぶんべんしつ》で泣いていたのか、理由がわかった気がした。

その晩、主治医の理恵が、みどりの部屋を訪れることはなかった。

翌朝。みどりは枕元《まくらもと》の食事に手をつけず、ひとりの部屋で過ごしていた。気を遣ったのか、妙高助産師が双子の赤ちゃんを部屋まで運んでくれた。

「三十分だけですけど、よろしかったら」

みどりはしみじみと、ベッドの上でもぞもぞ蠢《うごめ》いている生き物を眺める。このふたつの命が昨日まで自分の胎内に棲息《せいそく》していたのだと思うと不思議な感覚に囚《とら》われる。

そして、二度と胎内には戻らないと思うと、喪失感を覚えた。

生まれ落ちたばかりの赤ん坊はみなよく似ていて、他人から見ると区別はつかない。だが、仔細《しさい》に検分するみどりの視線は、ふたりの間に繊細な違いを見出《みいだ》した。男の子は目が細く、理恵の面影がわずかにあるが、伸一郎の面差しは見つけられない。のんびりした性格なのか、みどりが見ているとうっすら笑う。女の子は、男の子よりも体格がよく、大きな目をくりくりさせて周囲を熱心に見ている。気が強そうなところは理恵にそっくりだ。あなたは苦労しそうね、とみどりは呟《つぶや》く。

三十分足らずの滞在で、赤ん坊たちは新生児室に戻された。

昼前に理恵が、出産後初めて回診に訪れた。無言で腹部のガーゼを交換する。

「傷の回復は順調です。五日もすれば抜糸、退院できそうです」

小さな声。みどりの眼を見ようとしない。

「理恵ちゃん、あのね……」

「急ぎますので」

理恵は頭を下げると、そそくさと部屋を出ていった。

出産後三日目。朝食を終えると、隣の部屋のユミがやってきた。

「おばちゃん、無事出産おめでとう」

「ユミさんもよく頑張ったわ」

「五十過ぎのおばちゃんの偉大さには敵《かな》わないよ。理恵先生も喜んだでしょ？」

「そんなことないわ」

「どうして？　おばちゃんのおかげで理恵先生は自分の赤ちゃんをもてたんだから、感謝するのが当然じゃない」

「そうじゃないの。おばさんが、双子の赤ちゃんのお母さんのままでいると宣言したから、喧嘩《けんか》になってるの」

「ええ？　何でそんなことしたの、おばちゃん？　だっておばちゃんは理恵先生のために赤ちゃんを産んであげようと思ったんでしょ？」

「そうなんだけど、理恵先生が勝手に離婚しちゃったでしょう。そんなことしたら、おばさんとの最初の約束とは全然違うから、仕方ないのよ」

　ユミはまじまじとみどりを見る。

「それ、理恵先生は納得してるの？」

「納得はしてないけど、諦《あきら》めたみたい」

「だから理恵先生はあんなに元気なかったんだ」

　ユミは小さく呟いた。

「赤ちゃん、一緒に見た？」

ユミの問いかけにみどりは首を振る。

「ううん。理恵先生はおばさんとは話もしなくなっちゃった。自業自得《じごうじとく》だけど」

ユミは窓の外を見つめている。やがて立ち上がる。

「変だよ。理恵先生もおばちゃんも、間違えてる。赤ちゃんを一緒に見ないで、そんなこと決めたら後悔するよ」

「だけど、どうしようもないの。茉莉亜先生もそれがいいとおっしゃっているし」

「バアちゃん先生が？」

ユミは腕組みをして考える。それからきっぱり言い放つ。

「ウソだ。だとしたらバアちゃん先生も間違えてる。どうしちゃったの、みんな」

ユミは脱兎《だっと》の如《ごと》く、姿を消した。みどりはその後ろ姿を見つめ、ため息をついた。

そう、たぶんユミちゃんは正しい。誰もがみんな間違えている。

でも、それなら正解ってなに？ 教えてよ、ユミちゃん。

がらごろという音と、女性が言い争う声が廊下に響いた。続いて扉が開いた。

右手で新生児用の移動ベッドを引っ張るユミを押しとどめようとしている理恵が、

ひきずられるようにして姿を現す。理恵は必死な面差しで抗議をしている。

「ユミさんにとやかく言われる筋合いは、ないわ」

「ごちゃごちゃうるさい。あたしだってセッキョーなんてしたくないよ。でも今話し合わないと大変だよ。お互い言いたいことを言えばいいじゃない。親子なんだもの」

「どうしてそれを……」

　絶句する理恵に、ユミはさらりと答える。

「おばちゃんから聞いた」

　理恵は部屋の前で凍りついたように立ちすくむ。

　そしてみどりを非難するような視線で一瞥《いちべつ》したあと、ひややかに言い放つ。

「ユミさんには関係のないことだわ」

「そんなこと言ってる場合じゃないよ。ふたりの赤ちゃんの人生がかかってんだよ。屁《へ》理屈なんかどうでもいいからそこに座って、早く！」

　上半身を起こしたみどりは、理恵を見つめる。

　ユミが新生児ベッドを部屋に運び込み、みどりの枕元に置く。

　双子の赤ん坊は穏やかに眠っている。

理恵は諦めたような表情で部屋に入ると、みどりの枕元のパイプ椅子《いす》に座った。

「さっきはおばちゃんの言い分を聞いた。だから今度は理恵先生の話を聞く番よ」

理恵は冷ややかな表情でユミに言う。

「ユミさんに話を聞いてもらう必要なんか、ないわ」

「どうしてそんなに意固地になるかな。そしたら理恵先生の子どもはおばちゃんの子どもになっちゃうんだよ。それでもいいの？」

ふてくされた口調で理恵は応じる。

「いいも悪いも、日本のルールではそうなるんだから、仕方ないわ」

「本当に、それでいいのね」

みどりが掠《かす》れた声で理恵に問いかける。理恵はみどりを見つめ、うつむいた。

「……だって」

みどりは理恵を見つめた。蟬《せみ》の声が部屋にあふれる。

開け放たれた窓から、そよ風が部屋に吹き込んできて、レースのカーテンと理恵のほつれ髪を同時に揺らす。

「理恵ちゃんの気持ちを聞きたいの。今ここで、あたしたちの子どもの前で」

静寂が白い部屋を押し包む。ふたりの視線が絡《から》み合う。

理恵は目を伏せた。再び蟬の声が部屋中に溢《あふ》れ返った。

その声を吹き散らすように、一陣の強い風が部屋に吹き込んできた。

ほつれ髪をかき上げながら、理恵が言う。

「私はママに完敗した。私は、論理をベースに勝とうとした。ううん、違う。戦わずして勝ったつもりでいたの。だから今の私に挽回《ばんかい》の余地はないの」

みどりは理恵を見つめて、言う。

「論理と戦略なんてどうだっていいじゃない。これは勝ち負けではなくて、感情の問題よ。どこの世界に、実の娘をやりこめて得意になる母親がいるというの」

「ママがそんな人じゃないことは、わかってる。でも私には無理。だってずっとそうやって生きてきたんだもの。だから茉莉亜先生も、私は母親として何かが欠けているとおっしゃったのよ。医師としては私が正しく、母親としてはママが正しい。その言葉に納得してしまったら、これ以上は私にはどうすることもできないわ」

うつむく理恵に、黙り込むみどり。ふたりの間を強い風が吹き抜ける。

沈黙を打ち破るようにして、ユミが声を上げる。

「おばちゃんも理恵先生も、間違ってる。何が一番大切なの？　理恵先生の論理？

おばちゃんの気持ち？　ふたりとも大間違いだよ」

ベッドに歩み寄ると、ユミは手足をもぞもぞ動かしている双子《ふたご》の片われを抱き上げる。びっくりした赤ん坊は大声を上げて泣き始める。つられてベッドに残された子も泣き声を上げる。

「大切なのは、この双子ちゃんたち。そうでしょう、理恵先生？　あたし、間違ってるかなあ、おばちゃん？」

みどりは黙りこむ。病室を静寂が包む。

やがて小さくうなずく。

「そうね、ユミさんの言うとおりだわ。おばさん、間違えてた。でもおばさんも理恵先生も、もうどうしたらいいのか、わからなくなっちゃったの」

ユミはふたりを交互に見つめる。

「それならあたしが決めてあげる」

みどりも理恵も、まばたきも忘れてユミを凝視する。ユミはきっぱりと宣言する。

「理恵先生は双子のお母さん。おばちゃんも双子のお母さん。お母さんがふたり、子どもがふたり。そしたらふたりのお母さんがひとりずつ子どもを産んだ。これでめでたしめでたし、よ」

何て乱暴な、とみどりは唖然《あぜん》とした。双子をふたりの母親で一人ずつわけろ、というのか。だが、考えれば考えるほど、ユミから投げかけられた言葉こそが今のふたりにぴったりで、それ以上の解決策などありえないのではないかと感じられた。

理恵の頬がかすかに赤らんでくる。ユミの言葉を理恵も受け入れたようだ。思いつきをフワフワ口にしているようでいて、実はユミの言葉には、深い真理の淵《ふち》の底から汲《く》み上げてきた泉のように感じられるものが、これまでもあったことをみどりは思い出す。

みどりはしばらくの間、じっと動かずにユミと理恵、ふたりの娘の顔を交互に見つめていた。やがてみどりは静かにうなずいた。

「ありがとう、ユミさん。こんな簡単なことに気づかなかっただなんて、おばさんたち、変だね」

それから理恵を見て、言う。

「それでいいわよね、理恵ちゃん」

理恵は驚いたように眼を見開く。

「私に赤ちゃんを任せてくれるの、ママ？」

みどりはうなずく。理恵が重ねて言う。

「私には母親になる資質が欠けているって言ったじゃない。それでもいいの？」

　みどりは更に力強くうなずく。

「当たり前よ。今は母親の資質に欠けていても、理恵ちゃんはいつか必ず手に入れる。あたしにはわかる。だって理恵ちゃんはあたしの自慢の娘だもの。あたしだって母親の資質なんてご大層なもの、持ってるなんていえないから五十歩百歩よ」

　そう言ってみどりは理恵に歩みよると、その小さな肩を抱きしめた。

「ごめんね、理恵ちゃん。あたし、間違えてた。茉莉亜先生が、母親としてはあたしが正しいって言った時、あたしは茉莉亜先生を怒らなくちゃダメだったのに」

　理恵は、みどりの腕の中で不思議そうな顔をする。

「どうして？」

　みどりは笑顔で言う。

「だって茉莉亜先生は、あたしの自慢の理恵ちゃんを侮辱したんだもの。だからあれからずっと、ああ、茉莉亜先生を引っぱたかなくちゃって思ってたの」

　理恵の表情が一瞬透き通る。次の瞬間、くしゃくしゃに泣き崩れる。泣きじゃくりながら理恵は言葉にならない言葉を発し続ける。

　耳を澄ませたみどりにようやくその言葉が届く。

「ありがとう、ママ」

胸の中の幼い理恵を抱き締める。理恵は涙を指でぬぐいながら、弱々しく笑う。理恵に寄り添うと、その肩を抱いた。理恵は頭をみどりの肩にもたせかけた。

つくつくほうしの声がふたりを包む。

振り返ると、いつの間にかユミは部屋から姿を消していた。

◐

「抜糸が済むまで入院してればいいのに」

紹介状を書きながら、理恵は呟《つぶや》く。みどりは背筋を伸ばし、きっぱり言う。

「一日も早く家に戻りたいわ。お産は引き受けてくれなくても、傷の消毒や抜糸程度ならどこでも引き受けてくれるでしょ？」

「そりゃ、紹介状を書けば、どうってことないけど」

みどりの胸には赤ん坊がひとり抱かれている。男の子はご機嫌な様子だ。

「それにしてもさすが論理で生きてきたクール・ウィッチね。あんな手を考え出すなんて。これなら子どもたちの戸籍も傷がつかないし」

「変な誉《ほ》め方はやめてよ」

不機嫌な表情で顔を歪《ゆが》める理恵だったが、それはみどりの本音だった。

双子は理恵が出産した形になった。カルテと母子手帳も整備されているので、外部から見ても自然だ。離婚した理恵と伸一郎は、双子の親権をひとりずつわけ、みどりは伸一郎の親権をサポートすることにした。これでふたりの母親から産まれたふたりの赤ん坊は、合法的かつ、ごく自然にふたつの家庭に分離されたことになる。

ひとつだけみどりがこだわったのは、理恵が子どもを、代理母を社会に認めさせるための手段として利用しないという点だった。そして理恵はそのことをはっきり約束した。

本当なら、親子四人の水入らずで暮らせるのが一番いい。だがもともと、娘夫婦は尋常な夫婦ではない。ならば彼らが子どもを持てば、どこかを変形させなければ、家族として成立しなくなるだろう。凡庸ならざるこの夫婦は、外部の要因を取り入れながら、新しい家族の形を模索し、達成したのかもしれない。

離婚で出現したシングルマザーは、職場の手篤《てあつ》い対応のおかげで、育児をしながら仕事をするという勤務形態を可能にした。それは職場のバックアップというよりもむしろ、職能と家族機能を一体化させた、まったく新しい医療施設の出現であり、小さな医療帝国の中に、ひとつの疑似家族を放り込む、という新たな家族の形の創出、と考えた方がふさわしいのかもしれない。

母親である理恵は、茉莉亜院長の強い希望でマリアクリニックを継承し、子どもを支えるために機能する新しいタイプの医療機関、セント・マリアクリニックとして転生させることになった。そして父親の方はシンプルに、子どもの産みの母親をシッターに雇い、育児態勢を整えた。

どこの世界にこんな解決策を思いつく人間がいるというのだろう。

「ところで赤ちゃんの名前はどうするの?」

退院を前に、みどりは理恵に尋ねた。

「私の方は、この子たちは〝しのぶ〟と〝かおる〟と呼んでたから、どちらかをつけるけど」

「ふうん。で、どっちにするの?」

「どっちでもいいわ。そのために男でも女でも自然な名前にしてあるから」

「なるほどねえ」

みどりは深呼吸をする。

「あたしの男の子の方をかおるちゃんと呼んでもいい?」

理恵はうなずく。両方とも自分が考えた名前なのだから、どちらでもいいのだろう。赤ん坊に名を付けようと思った時、みどりの心中をよぎったのは、実は〝しのぶ〟という名前の方だった。自分がずっと胎内の赤ん坊を呼んでいた名前。

だが、みどりはあえてその名前をやめた。それが目の前の本当の娘、理恵をかつて自分が呼んだ名前でもあったからだ。

みどりは心中で呟く。

――しのぶちゃんは、理恵ちゃんのもの。

みどりは、ベッドの上のしのぶを抱き上げると、しのぶちゃん、と呼んで頬ずりをした。しのぶは一瞬顔をしかめると、ふにゃふにゃしている腕が一瞬突っ張る。みどりの抱擁から逃れたいように見える。

ほんとに気が強い子ね、と思いながら、もう一度、今度はそっと頬ずりする。

しのぶちゃん、しのぶちゃん、しのぶちゃん。

三度心の中で呟き、自分の胸に言い聞かせる。

――この子はもう、あたしの子どもじゃない。さよなら、しのぶちゃん。

しのぶをベッドに戻し、代わりにもうひとりの赤ん坊を抱き上げる。この男の子の名前はかおるちゃん。みどりが同じように頬ずりすると、かおるは目を細めて、みどりの頰にぺたりと寄り添った。そして幸せそうな表情になる。

あんたは女に甘そうだから、やっぱり苦労しそうね。

困ったものね、と呟いて、みどりは、腕の中の赤ん坊を抱きしめる。そして、かおるちゃん、かおるちゃん、かおるちゃん、と三度呼びかけ、頰ずりを繰り返す。

——さあ、もうだいじょうぶ。二度とあんたのことを〝しのぶ〟とは呼ばないわ。

みどりには自信があった。

自分の目の前にいるもうひとりの母親、理恵をかつて自分は〝しのぶ〟と呼んでいた。だが、夫が理恵と名付けた瞬間に、同じように三度、名前を呼んだ後は、そのことをこの子たちを宿すまでずっと、きれいに忘れていたからだ。

それにしてもつくづく〝しのぶ〟という名前とは縁がないのね、とふと思う。

◐

荷物の手配を終えたみどりは、新生児室の前で赤ん坊を抱いているユミとすれ違う。

「おばちゃん、もう退院するの？」

「おかげさまで。ユミさんにはいろいろとお世話になったわねえ」

そう言って、ユミの腕から赤ちゃんを奪い取ると、小さな身体《からだ》をゆすりながら頬ずりをした。

「可愛《かわい》いわねえ。あなたが、タクちゃん、でちゅか」

タクは楽しげにゆられている。つぶらな瞳《ひとみ》がユミそっくりだった。

ユミは嬉《うれ》しそうに笑う。

「でしょ、でしょ。おっぱいもぐんぐん飲むから、すぐ大きくなるよ」

ユミは小さく呟く。

「でもって、いつか腕も生えてくるといいな」

みどりはユミの腕にタクを返しながら、言う。

「ユミさん、理恵先生をよろしくね。きちんと面倒見てあげてね」

「あたしが理恵先生の面倒を？　まっさか。冗談でしょ？」

「ううん、本気よ。理恵先生には何か大切なものがすっぽり抜け落ちている。それはおばさんが理恵先生に渡しそびれてしまったものかもしれないし、もともとおばさんも持ってないのかもしれない。でもその大切な何かをユミさんは持ってる。だからお願い。理恵先生を助けてあげて。ひとりぼっちにしないで」

ユミは不思議そうにみどりを見つめたが、やがてうなずいた。

「なんだか言ってることはよくわかんないけど、後はまかせて。あたし絶対に、理恵先生をひとりぼっちになんかしないから。約束するよ、おばちゃん」

「ありがとう。本当にありがとう」

みどりはユミの手を握りしめる。ユミは笑顔で答える。

「いいって。これってやっぱ、浮世のギリってヤツよね。だけど理恵先生に赤ちゃんを片っぽわけてあげるなんて、おばちゃんはやっぱり気前がいいよね」

「そりゃそうよ。だって理恵ちゃんはおばさんの娘だもの。娘に辛《つら》く当たる母親なんていないわよ」

ユミはうつむくと、ぽつんと呟いた。

「そんなこと、ないんだけどな」


桜宮駅からワンメーター。タクシーから降りると、みどりはメゾン・ド・マドンナの前に立つ。何だかずい分久方ぶりの気がする。それはみどりにとっては、小さな冒険のようなものに思えた。そう、夢のような。でも、手に下げた小さなゆりかごの中には、小さなお客様がすやすやと眠っている、その重さがしっかりと感じられた。

「かおるちゃん、今日からは、ここがあたしたちのお家よ」

それからさらに言葉を投げかける。

「あのね、かおるちゃん、色々考えたんだけど、あたしはあんたのお母さんでお祖母《ばあ》ちゃん。でも、お母さんとお祖母ちゃんが一緒の子なんて、世界中探したってどこにもいない。だからあたしはどっちにもなれないの。それならいっそのこと、あたしはかおるちゃんのベビーシッターになろうって決めたの」

ゆりかごの中のかおるは、抗議するように、身体をぴくりと動かす。

みどりは笑顔で答える。

「心配しないで。あたしはかおるちゃんの側をずっと離れないから。でもそのためにはお母さんでもお祖母ちゃんでもない赤の他人にならないとダメなの。だからそうするだけ。だけどね、かおるちゃん……」

みどりは、住み慣れたマンションの共用玄関に足を踏み入れながら、続けた。

「今夜だけ、どうか今夜だけはかおるちゃんのママでいさせてね」

エレベーターが降下してくる。ゆりかごを覗《のぞ》き込むと、かおるはすやすやと寝息を立てていた。みどりはゆりかごを置き、しゃがみこむとそっと頬ずりをした。

その夜、みどりは若草色の便箋《びんせん》に短い手紙をしたためた。

伸一郎さま

急ぎご報告いたします。先ほど、かおると共に、メゾン・ド・マドンナに戻りました。二〇五一グラム、元気な男の子です。明日から私はかおるのシッターとして父親の伸一郎さんに雇われたいと思います。戸籍上も、母親は理恵に確定しましたし、私と伸一郎さんは義理の親子ですので、解決策はこれしかありません。

手紙のやり取りも、今回で最後にします。明日からはシッターの山咲がメールで御子息の様子をご報告いたします。パソコンは使ったことがありませんが、これから勉強しますので、いろいろと教えてくださいませ。

いただいた手紙は燃やします。どうか伸一郎さんも同じようにして下さい。

この数ヶ月間、伸一郎さんの子どもをお腹《なか》で育てることができて、幸せでした。いろいろなお気遣い、本当にありがとうございました。

最後にもうひとつだけ、どうかこの手紙には決してお返事はなさいませぬよう、くれぐれもお願い申し上げます。

みどり

夕暮れの部屋の中、みどりは手紙を封緘《ふうかん》する。

隣の部屋では、赤子が泣き始めた。

——お腹がすいたんでちゅね。

慣れない手つきで哺乳《ほにゅう》びんの箱をあけ、説明書を読み始める。台所に立ち、湯を沸かすためコンロの栓をひねる。水が湯に、そして湯気へと相転換していくのを、ぼんやりと眺める。

湯が沸いた。おぼつかない手つきでミルクを作り終える。手間取っているうちに、周囲は、しんとした静寂に包みこまれていた。どうやらとなりの部屋のおさな児《ご》は泣きつかれて眠ってしまったようだ。

翌週、差出人の名前がない絵葉書が、メゾン・ド・マドンナに届いた。そこにはただ一行、走り書きがされていた。

Dear KAORU, Welcome to Our Earth.

（親愛なるカオルへ、ようこそわれらが地球へ）

絵葉書には、黒々とした宇宙空間に、どこまでも青い水の惑星、地球がぽっかり浮かんでいる写真が載っていた。

みどりはしばらく、その写真を見つめていた。その眼はわずかに潤《うる》んでいるようにも見えた。やがて小さく、〝うん〟とうなずき、その絵葉書をひきだしの奥深くしまいこむ。

――明日、新しいアルバムを買ってこなくちゃ、ね。

みどりは大きくのびをした。立ちあがると硝子《がらす》戸を開け、ベランダに出た。

ひんやりした空気がほっそりしたみどりの身体を包みこむ。桜宮丘陵にそびえ立つ白亜の東城大学医学部付属病院を見遣《みや》りながら、みどりはからっぽになってしまった腹部をそっと撫《な》でた。

解説

松坂慶子

「『マドンナ・ヴェルデ』。ヴェルデはイタリア語で〝緑〟という意味です。〝聖母みどり〟……、つまり主人公の山咲みどりのことですね」

私がドラマ『マドンナ・ヴェルデ』の山咲みどり役に決まったとき、NHKのプロデューサーの佐野元彦さんから、そう説明されて、この本を受け取りました。そして、これが私とみどりの出会いでした。

この小説は、代理出産をテーマにしています。娘の曾根崎理恵から「自分の子どもを産んでほしい」と頼まれる母親のみどり。彼女は、その事実に、代理出産という方法に、悩み、苦しみます。みどりが抱いた葛藤《かっとう》は、同じく娘を持つ私にも、痛いほどわかりました。みどりを演じるということは、自分の人生を自問自答しながら、もう一度歩んでいくことと同じだ、と。そう感じたのです。

物語は、みどりと理恵を中心に展開していきます。前作『ジーン・ワルツ』が理恵の視点による「表」の世界ならば、今作は、みどりから見た「舞台裏」のお話。しかし、「裏」だからといって、物語が小さくなることはありません。「子どもがほしい」「子孫を残したい」という気持ちは、女性の本能に根付いた、切実な想《おも》いです。人の根源に触れるテーマだからこそ、母娘がそれぞれに迷い、その間にも、相克が生まれる。母と娘の二人の物語に、大きな広がりがあるのは、海堂先生が選ばれた「代理出産」という主題が、簡単には答えを見つけられない「深さ」を持っているからだと思います。

作中、理恵はなかなか母親に心を開いてくれません。「冷徹な魔女《クール・ウィッチ》」の異名そのままに、母のみどりにさえ、ドライに接してくる。みどりが「理恵ちゃんのために、理恵ちゃんのために」と、一心に代理出産という責務を果たそうとする中でも、理恵の心がどこにあるのか、みどりには確信が持てない。

なぜなの、理恵ちゃん――。

この気持ちは、みどりを演じるにあたって私自身が抱いた、大きな疑問でした。理恵は説明をしてくれません。ときに、身勝手とも思える言動で、みどりを悩ませる。

私も悩みました。

そこに一つの答えをくれたのが、山王《さんのう》病院の堤治《つつみおさむ》先生です。堤先生は、ドラマ『マドンナ・ヴェルデ』の撮影に際して、リハーサルにも本番にも立ち会って、医師の立場から、たくさんのアドバイスをして下さいました。

「理恵の根本にあるのは、自己犠牲じゃないでしょうか。彼女の望みは、命のリレーなんだと思います」

この一言で、私の中にあった理恵に対する疑問が、ぱっと氷解したんです。一見身勝手な理恵の行動は、その実、芯《しん》では医者としての使命感、つまり自己犠牲に支えられている。彼女には、己の身がどうなってでも「命を繋《つな》ごう」という意識がある。このことに気づいてから、みどりの役がとても演じやすくなりました。娘への理解の仕方が、ぐっと広がったんです。

山咲みどりという女性の印象は、物語の序盤と終盤で、大きく変わります。小説の冒頭の彼女は、過去を振り返りながら、このまま老いさらばえていく、といった、ある意味で老境の心持ちです。しかし、代理出産を決意し、ホルモン療法を受けることで、みどりは身も心も若返っていく。物理的に肌が綺麗《きれい》に、身体《からだ》が若くなっていくだけでなく、気持ちも「子どもを産む」状態に戻していきます。だから、最初は従順だった理恵の言動に対しても、みどりは次第に疑義を呈するようになっていく。五十五歳の母親でなく、それこそ三十代の妊婦のような気持ちに、彼女は時間を遡《さかのぼ》っていっているんです。何でも受け入れるお母さんだった彼女が、一人の女として、思ったことを口にするようになれば、必然、娘との関係も変わります。

女性として、年齢を逆行することで〝聖母〟であると同時に〝女〟に戻っていく。『マドンナ・ヴェルデ』は、山咲みどりという女性が、もう一度、生き返るお話でもある、と私は思います。

個人的な思いを書きますと、私は代理出産という制度に賛成です。理恵のように「子どもがほしい」と願っても産めない女性が、産科医学の進歩によって自分の夢を諦《あきら》めずに済む。これは素晴らしいことだと思います。代理出産という方法を知ったとき、私は「そんなやり方があるのか」と、一人の女性として暗闇《くらやみ》に光を見た気がしました。

この小説で生まれてくる赤ちゃん――かおるちゃんとしのぶちゃん――のように、

代理出産で誕生する命に対して、みどりを演じながら感じたことがあります。それは、彼彼女が代理出産を理解できる年齢になったら、私はそれをきちんと話してやりたい、ということです。本当の母親と、代理の母親とが、それぞれどういった気持ちを抱いて、あなた達を産んだのか、それを感じてもらって、思いの深い子に育ってもらいたい。そうやって生まれた子が、理恵と同じように「自己犠牲」の使命感を持つようになって、社会の役に立つ大人へと成長したら、それは本当に幸福なことだ、と。演じながら、そんな未来を考えました。正解かどうかはわかりませんが、終盤のみどりの「決意」には、きっとこんな気持ちも含まれていたのではないか、と、もう一人の「みどり」として感じています。

最後に、海堂先生がドラマ『マドンナ・ヴェルデ』の撮影にいらっしゃったときのことを、少し。海堂先生は句会のシーンでドラマに出演されたのですが、撮影の合間、私とお話ししたときに「遺伝子のわがまま」ということが話題に上りました。つまり、「子どもを残したい」という遺伝子の意志が、女性を、理恵を動かしているのではないか、ということです。意識以上のものが人間を動かしている、とのお話は、とても神秘的な発想で、母である山咲みどりを演じた私にも、心にすとんと落ちるものがありました。

ちなみに、海堂先生はこのとき、「いつか続篇を書きたい」と、ポロっと洩《も》らされていたんです。実現するかどうかは、先生の胸の内次第でしょうが、一人の読み手として、またスマートでお洒落《しゃれ》な海堂尊ワールドの虜《とりこ》になった者として、みどりの未来を読める機会が与えられるのなら、こんなに嬉しいことはありません。きっと彼女は、「遺伝子のわがまま」をしっかり受け止めた上で、強く、逞《たくま》しく、母として生き続けているのでしょう。理恵、かおる、しのぶ。三人の子どもを心から愛し、見守る「聖母」として。

（平成二十五年一月、女優）

この作品は二〇一〇年三月新潮社より刊行された。
文庫化にあたり改訂を行なった。

伊坂幸太郎著　オーデュボンの祈り

卓越したイメージ喚起力、洒脱な会話、気の利いた警句、抑えようのない才気がほとばしる！　伝説のデビュー作、待望の文庫化！

伊坂幸太郎著　ラッシュライフ

未来を決めるのは、神の恩寵か、偶然の連鎖か。リンクして並走する4つの人生にバラバラ死体が乱入。巧緻な騙し絵のごとき物語。

伊坂幸太郎著　重力ピエロ

ルールは越えられるか、世界は変えられるか。未知の感動をたたえて、発表時より読書界を圧倒した記念碑的名作、待望の文庫化！

伊坂幸太郎著　フィッシュストーリー

売れないロックバンドの叫びが、時空を超えて奇蹟を呼ぶ。緻密な仕掛け、爽快なエンディング。伊坂マジック冴え渡る中篇4連打。

伊坂幸太郎著　砂漠

未熟さに悩み、過剰さを持て余し、それでも何かを求め、手探りで進もうとする青春時代。二度とない季節の光と闇を描く長編小説。

伊坂幸太郎著　ゴールデンスランバー
山本周五郎賞受賞
本屋大賞受賞

俺は犯人じゃない！　首相暗殺の濡れ衣をきせられ、巨大な陰謀に包囲された男。必死の逃走。スリル炸裂超弩級エンタテインメント。

今野敏著

リオ

―警視庁強行犯係・樋口顕―

捜査本部は間違っている！　火曜日の連続殺人を捜査する樋口警部補。彼の直感がそう告げた。刑事たちの真実を描く本格警察小説。

今野敏著

朱夏

―警視庁強行犯係・樋口顕―

妻が失踪した。樋口警部補は、所轄の氏家とともに非公式の捜査を始める。鍛えられた男たちの眼に映った誘拐容疑者、だが彼は――。

今野敏著

ビート

―警視庁強行犯係・樋口顕―

島崎刑事の苦悩に樋口は気づいた。島崎は実の息子を殺人犯だと疑っているのだ。捜査官と家庭人の間で揺れる男たち。本格警察小説。

今野敏著

隠蔽捜査

吉川英治文学新人賞受賞

東大卒、警視長、竜崎伸也。ただのキャリアではない。彼は信じる正義のため、警察組織という迷宮に挑む。ミステリ史に輝く長篇。

今野敏著

果断

―隠蔽捜査2―

山本周五郎賞・日本推理作家協会賞受賞

本庁から大森署署長へと左遷されたキャリア、竜崎伸也。着任早々、彼は拳銃犯立てこもり事件に直面する。これが本物の警察小説だ！

今野敏著

疑心

―隠蔽捜査3―

来日するアメリカ大統領へのテロ計画が発覚！　羽田を含む第二方面警備本部を任された大森署署長竜崎伸也は、難局に立ち向かう。

重松清著

舞姫通信

教えてほしいんです。私たちは、生きてなくちゃいけないんですか？　僕はその問いに答えられなかった――。教師と生徒と死の物語。

重松清著

見張り塔からずっと

3組の夫婦、3つの苦悩の果てに光は射すのか？　現代という街で、道に迷った私たち。新・山本周五郎賞受賞作家の家族小説集。

重松清著

日曜日の夕刊

日常のささやかな出来事を通して蘇る、忘れかけていた大切な感情。家族、恋人、友人――、ある町の12の風景を描いた、珠玉の短編集。

重松清著

熱球

二十年前、もしも僕らが甲子園出場を果たせていたなら――。失われた青春と、残り半分の人生への希望を描く、大人たちへの応援歌。

重松清著

あの歌がきこえる

友だちとの時間、実らなかった恋、故郷との別れ――いつでも俺たちの心には、あのメロディーが響いてた。名曲たちが彩る青春小説。

重松清著

みんなのなやみ

二股はなぜいけない？　がんばることに意味はある？　シゲマツさんも一緒に困って真剣に答えた、おとなも必読の新しい人生相談。

山崎豊子著

暖簾（のれん）

丁稚からたたき上げた老舗の主人吾平を中心に、親子二代"のれん"に全力を傾ける不屈の大阪商人の気骨と徹底した商業モラルを描く。

山崎豊子著

ぼんち

放蕩を重ねても帳尻の合った遊び方をするのが大阪の"ぼんち"。老舗の一人息子を主人公に船場商家の独特の風俗を織りまぜて描く。

山崎豊子著

花のれん

直木賞受賞

大阪の街中へわての花のれんを幾つも幾つも仕掛けたいのや——細腕一本でみごとな寄席を作りあげた浪花女のど根性の生涯を描く。

山崎豊子著

しぶちん

"しぶちん"とさげすまれながらも初志を貫き、財を成した山田万治郎——船場を舞台に大阪商人のど根性を描く表題作ほか4編を収録。

山崎豊子著

花紋

大正歌壇に彗星のごとく登場し、突如消息を断った幻の歌人、御室みやじ——苛酷な因襲に抗い宿命の恋に全てを賭けた半生を描く。

山崎豊子著

白い巨塔（一〜五）

癌の検査・手術、泥沼の教授選、誤診裁判などを綿密にとらえ、尊厳であるべき医学界に渦巻く人間の欲望と打算を迫真の筆に描く。

S・キング
山田順子訳
スタンド・バイ・ミー
―恐怖の四季 秋冬編―
死体を探しに森に入った四人の少年たちの、苦難と恐怖に満ちた二日間の体験を描いた感動編「スタンド・バイ・ミー」。他1編収録。

S・キング
浅倉久志訳
ゴールデンボーイ
―恐怖の四季 春夏編―
ナチ戦犯の老人が昔犯した罪に心を奪われた少年は、その詳細を聞くうちに、しだいに明るさを失い、悪夢に悩まされるようになった。

S・キング
白石 朗他訳
第四解剖室
私は死んでいない。だが解剖用大鋏は迫ってくる……切り刻まれる恐怖を描く表題作ほかO・ヘンリ賞受賞作を収録した最新短篇集！

S・キング
浅倉久志他訳
幸運の25セント硬貨
ホテルの部屋に置かれていた25セント硬貨。それが幸運を招くとは……意外な結末ばかりの全七篇。全米百万部突破の傑作短篇集！

S・キング
風間賢二訳
ダーク・タワーI
ガンスリンガー
英国幻想文学大賞受賞
キングのライフワークにして七部からなる超大作が、大幅加筆、新訳の完全版で刊行開始。〈暗黒の塔〉へのローランドの旅が始まる！

S・キング
風間賢二訳
ダーク・タワーVII
暗黒の塔
（上・中・下）
一行を襲う壮絶なる悲劇、出揃う謎。〈暗黒の塔〉で待つ驚倒の結末とは――。巨匠畢生のライフワークにして最高作、堂々の完結！

マドンナ・ヴェルデ

新潮文庫　か－57－2

平成二十五年　三月　一日　発行

著者　海《かい》堂《どう》尊《たける》

発行者　佐藤隆信

発行所　株式会社　新潮社

郵便番号　一六二―八七一一
東京都新宿区矢来町七一
電話　編集部(〇三)三二六六―五四四〇
読者係(〇三)三二六六―五一一一
http://www.shinchosha.co.jp

価格はカバーに表示してあります。

乱丁・落丁本は、ご面倒ですが小社読者係宛ご送付ください。送料小社負担にてお取替えいたします。

印刷・大日本印刷株式会社　製本・憲専堂製本株式会社

ISBN978-4-10-133312-0 C0193